ダメじゃないんじゃないんじゃない

はらだ有彩

はじめに

自分でもよく分からないまま「ダメ」だと思い込んでいることはたくさんある。

例えば、「新卒で入った会社には最低でも3年はいなくてはならない」。私は素直な良い子だったのでこの言葉を鵜呑《うの》みにしてブラック企業に3年間在籍し続け、世を呪っていた（会社だって、そんな感じで3年もいられて迷惑だっただろう）。

例えば、「制服のソックスは2回折らなければならない」。私が通っていた高校にはマフラーをステンカラーコートの中に巻かなければならないという校則まであり、生徒たちは毎朝、窒息しかけてオゲー！　と苦しんでいた。

例えば、女性はいつも男性より控えめで、男性はいつも男らしくあらねばならない。セックスのことは大っぴらに話してはいけないし、自分の主義主張に相反しているように見えることは断じて行うべきではない。だって、「らしくない」から。

自分が大変だからといって気遣いを嬉しく感じたり、人様に負担をかけるなんてもってのほか。不満があるならここにいるべきではないし、不満だからと大声を出すのも、もちろんNG。だって、「迷惑」だから。

そうそう、それから「ダメな外見」でいることももちろんダメである。文化や芸術を解さず、苦言を呈するのもおこがましいことである。外に問題を持ち出さずに家の中で解決するべきだし、万が一、社会の助けを借りるなら縮こまらなければならない。だって、「そういうもの」なのだから。

ほらほら、無駄な時間を過ごしている暇はない。建設的で生産的な確固たる人間関係を築き、人類の繁栄に貢献しまくらなければならない。それが人生だ。だって、「何にもならない」ものに意味はないから。

こんな風に、この世には「別にダメじゃないのに、なんかダメっぽいことになっている」ものがたくさんあるような気がする。ダメと言われてぼんやりと守ってしまっていることが。反対に、ぼんやりと誰かにダメと言ってしまっていることが。だけどそれって、本当にダメなのだろうか？

というわけで「それ、別にダメじゃないんじゃない？」と気になったことをメモしていくことにした。メモなので、書きながらぐるんぐるんと同じところを回っているかもしれない。書いているうちに時代が変わって「ダメじゃない」ことになってしまったら嬉しい。とにかく私は「ダメ」の大海原に漕《こ》ぎだそうと思う。「ダメ」とは何か。その真理を求めて――。

もくじ

文・絵＝はらだ有彩
装丁＝須田杏菜

「らしくないからダメ」

フレンチで女が「おあいそ」するのはダメじゃないんじゃない

しょっぱなから「いや別にダメじゃないでしょ。好きにしたらええがな」と言われそうだが、そして全くもってその通りなのだが、気になる体験があったので書かせてほしい。

数年前の初夏、当時交際していた男性の誕生日。私はその男性が前から行ってみたいと言っていたフレンチのレストランを予約しておいた。お誕生日祝いであることをお店の人に伝え、キャンドルつきのケーキを出してもらえることになっていた。ちなみに我々の支払いスタイルは平常時は完全に割り勘、全額奢《おご》られて然《しか》るべき事情がある場合のみ、ありがたくおもてなししていただくという決まりである。

美味《おい》しい食事を楽しみ、ケーキと一緒に写真を撮り、お会計の運びとなる。私が「おあいそ」の旨を伝えると、スタッフの人が一瞬、ぎょっとした。ぎょっとしつつも親切に伝票を持ってきてくれる。しかしその伝票は私の向かいに座る男性の手元に置かれたのであった。

わー！

私は慌てた。この人、今の今までめちゃくちゃ祝われていたのに、自腹で支払うと思われているのか!? そして私は自分で予約しておきながらタダ飯を食うと思われていたのか!? なんということだ。しかもお誕生日なのに、金額がバレてしまった。にわかに変な空気になったテーブルで、交際相手の男性が言った。

「ま、まあ、フレンチは男が払うのがセオリーだから……女性に渡すメニューには、金額書いてないこともあるし……」

もちろん「女がおあいそをお願いしてはいけない」という道理はどこにもない。にもかかわらず、ときどき「支払いは男性がするもの」という前提で話が進むことがある。男性が払う。だから伝票を男性に渡す。しかし、純粋な疑問なのだが、支払いをするべき存在としての「男性」かどうかはどうやって判断するのだろう。お店の入り口で性別を確認でもしない限り、見た目がいわゆる男性っぽいか女性っぽいか、という主観でしか想像できない。マニッシュな女性とフェミニンな男性の組み合わせだった場合、マニッシュな女性が支払うのだろうか。それとも生まれたときの身体《からだ》の性別に何が何でも従うのだろうか。生まれたときの身体の見た目と性自認が異なる人の場合は何を基準に決めるのだろうか。

「それがマナーというものなんだから、調和を重んじて従った方がいいよ」と言う人がいるかもしれない。しかし、それがマナーだと言うのなら、マナーとは何を達成するためのものなのだろう。レストラン全体の、絵的な調和だろうか。本当にそんなもののために私たちは行動しているのだろうか。男性ばかりが支払いをしている中で、女性がチェックのために手を挙げたとして、「うわっ、あの人、女なのにお会計してる」とか思う人、いなくない？

「そんなこといちいち考えてられるか」とか、「男性が支払うケースの方が多いんだからごちゃごちゃ言うな」とか、「常連でもないのにそんなに気を遣ってもらおうとするな」とか、「もうお前、フレンチなんか行くな」と言う人もいるかもしれない。できればそんな風に言わないでほしいが、言わないでほしいと頼んだところで「言う人」が口を噤《つぐ》むとは思えない。人の行動はなかなか変えられない。お店の人も忙しい合間を縫ってサーヴしてくれているのだし、何かこちらから働きかけることはできないだろうか。

どうすれば性別以外の要素で、「こいつ、明らかに支払いするな」と思ってもらえるか考えてみた。

（1）ものすご〜くお金を持っていそうな装いで行く。同時に、同行者の服装をできるだけラフにしてもらう。

両者にコントラストをつけることによって、消去法で支払いしそうな感じを演出する。これはちょっと良いアイデアっぽいが、実は悪手である。「見た目で扱いを変えてもらう」という発想が「ブルーデニムで来店した客を追い返したレストランが、同じ客がスーツに着替えて再来店したら席に案内した」的なエピソードを想起させ、苦々しい気持ちになるので却下。

（2）頭に札束のカチューシャをつける。

相対評価が後味の悪さを呼び起こすなら、絶対評価方式はどうだろう。ここまで馬鹿馬鹿しいメソッドだと逆に笑えるかもしれない。しかし、せっかく金額を伏せてくれているメニューを見ていても、視界に現金が入ってくるシチュエーションでお誕生日を祝われるのはあまり嬉しくないだろう。隠しきれない生々しさが漂う。却下。

（3）祝われる人物に「あんたが主役」たすきをつけてもらい、「明らかにゲスト側である」ことを全身で表現してもらう。

せっかくのハレの日なのに祝われる側の負荷が大きいが、お祭り好きの人ならやってくれるかもしれない。頭に王冠などを載せてもらうとなお良い。しかしレストラン全体における絵的な調和はどのみち崩れるであろう……。私はおめでたくて好きだが、ここでは却下。

（4）事前にカードで振り込む。

これはいいかもしれない。カード支払いはお店に手数料がかかるから、ご贔屓《ひいき》のお店ではやらない方が良いという説もあるが、振込なら手数料もこちら持ちだし、軋轢《あつれき》なく支払いができるのでは!?

……と、ここまで妄想して我に返った。なぜ、ただ飲食代金を支払うためにこんなことをしなければならないのだ。振込手数料の数百円、完全に無駄ではないか。お店の人も、なんだか当てこすられているみたいでイヤだろう。

結局、具体的な解決策としては、

・予約時に誰が支払うかについてのコンセンサスをお店とお客さんの間で取っておく
・基本的に、チェックを頼んだ人の手元に伝票を置く

が妥当かしらね〜、というところに落ち着いた。色々妄想した割に地味な結論である。

そもそも「男性が支払う」「エスコートする」、ひいては「女性をもてなす」「レディファースト」は、現代では「女性を優先し、恭しく接する」という意味で用いられるが、かつては「女性を軽んじ、奉仕させ、その場から排除する」というトラディションだった。この精神がヨーロッパに発祥した中世から、ゆうに数百年は経つ。数百年で何が変わっただろう。女性が裾の長いドレスを日常的に着ることが減り、パンツスタイルを選ぶことができるようになった。生計を立てるための手段が細分化し、市民化し、広く共通する生活のテンプレートが少なくなった。男女ともに労働しているケースが多くなった。

とはいえ、お互いに労働しているのだから今後一切の支払いは割り勘にするのが正義だ！　と結論づけるのは早計な気もする。厚生労働省の「平成29年賃金構造基本統計調査」によると男性を100としたときの女性の賃金は73・4。この男女間賃金格差は昭和51年の調査以降で過去最小と言われているが、まあ、別に喜ばしくはない。言うまでもなく、この差が単純に女性自身の参画意欲に由来すると考えるのはもっと早計である。女性にしかできない出産と、女性にしかできないわけではない育児&家事がなんとなくセット化され、キャリア形成に大きな影響を与えている。女性自身、幼児期から、出産となんとなくセット化された育児&家事が想定されたあらゆる外部刺激を受けるため、個人の努力で立ち向かうことが非常に難しい。もちろん「じゃあ明日から幼児教育を刷新しましょう！」「よっしゃ！　任せろ！」で即日解決……などということにはならない。風が吹けば桶屋《おけや》が儲《もう》かるからといって、風とともに儲かるわけではないように、教育を刷新してから結果が出るまでにはタイムラグがある。

それではやはりお金を多く持っている方——多くの場合は男性——がとにかく多く負担すればオールOKなのかというと、そう言い切ってしまうことにも一抹の不安を覚える。自分の行動にかかった経費を誰かに支払ってもらうことに言いしれない不穏さを感じる。価値を生み出して料金を支払ってもらったり、その過程で発生する経費を請求することは、バリューに対するバックだから等価交換だ。レストランでの食事代という資本主義ゴリゴリのテーマ上、「資本主義そのものを是とするか!?」という根本的な疑問にひとまず目を瞑《つむ》るとすれば、何も問題はない。だけど一緒に過ごすために発生した料金を払ってもらってしまうと、まるで自分が存在した時間に対して先にバックが支払われ、あとから何らかのバリューを返さなければならない気分になる。何のバリューを返せばいいのか考えていると、自分の行動全てが対価のように思えて、人間関係のパワーバランスが崩れているように思えて、ますます不穏になってくる

（これはもちろん個人的に感じている不穏さなので、気にならない人もいるだろう。それでも構造上、何の心配もないとはどうにも言い難い）。だから私にとって交際相手のお誕生日というのは、珍しく大々的に一方的な支払いを楽しむ機会だった。そんなときに伝票を貰《もら》うこともできないというのは、何ともやるせないではないか。私だって親しい人をスマートにもてなしたい。

……ちょっと恨み節のようになってしまったが、正直、この「恨み」をぶつける先はない。テーブル越しに伝票を自分の手元に回してもらい財布を取り出すと、ベテランの店員さんはもう事態を察知し、紙幣を受け取ってくれた。この人が悪いわけでは決してない。だけど言葉の意味をアップデートしてもいいように、習慣を書き換えることだって、ダメじゃないのではないだろうか。頭の中に変わるための余白を空けておいてもいいのではないだろうか。そう思いながら、私は自分の財布にお釣りをしまうのだった。

乱れる
美しい
調和？
ボロボロ
超お金持ちそう
今日の主役
これで判断
するのも
気が引けまくる
フレンチで
女が
おあいそするのは
ダメじゃないんじゃない
♂ ♀
この場合、どちらに
お勘定が行くのか
右…？
ギャグやん
新紙幣がよい
札束
カチューシャ
24AWトレンド
レディファーストの前身としての毒見
炭鉱のカナリヤか？
カナリヤのことを知ったときは
悲しかった…
うわっあの人
check.
おいしかったー
実は男なのかな…
とか思うやつ おらんやろ

男の子がコスメと生きるのはダメじゃないんじゃない

――その男の子はイオンモールの女子トイレに併設されたパウダールームにいた。小学1年生くらいだろうか。母親らしき女性が化粧を直しているのを熱いまなざしで眺めている。女性がポーチから小さなスティックを取り出したとき、彼の熱は最高潮に達した。


「お母さん、それって口紅?」

「そうだよ」

「きれいだね」

「塗ってみる?」

「男がそんなの塗ったらおかしいよ」

「え! 別におかしくないでしょ。塗りたかったら塗ればいいんだよ」


私は自分自身も、お昼ごはんに食べたうどんによってすっかり落ちてしまった口紅を直しながら、内心興奮していた。こんなにも素晴らしい教育の現場に居合わせることってある？　ツイッターにポストすれば速攻で「噓松《うそまつ》」（主に他人の発言を虚偽だと断定し揶揄《やゆ》するときに使われるインターネットスラング）とリプライが来るレベルの良き体験である。でも残念、噓松じゃありません。

……と、しばし感動のあまりふざけていたのだが、ふと我に返った。もちろんお母様にはベストアンサー賞を贈りたい。しかし気になるのは、たった6〜7歳の男児から発せられた「男が口紅なんて塗ったらおかしいよ」という言葉だ。（ちなみにこの会話はプライバシー保護の観点からかなり省略しているため、本当に母と息子なのか、本当に女性と男児なのか、私の目にそう見えているだけなのではないかと気になる人もいるだろうが、今回は彼らのかけ合いから「母と息子」と仮定して話を進めさせてもらう。）

子供は「社会がなんとなく笑って小突き回しているもの」を全て感じ取り内面化する。この女性の驚きようを見ると、彼女にとってわが子の言動は想定外だったのだろう。つまり、男児は母親の与《あずか》り知らぬところで「男が化粧するのはおかしい」という情報を仕入れてきたことになる。

家庭内か、親戚の集まりか、駅か、通学路か、町内会か、テレビか、ラジオか、ゲームか、学校か、塾か、クラブか、とにかくどこかで何らかの刺激に触れ、彼は「多くの人が笑ったり苦い顔をしたりしている……。ほうほう、男が化粧するのはおかしいのだな」という結論を導き出したのだ。どこで触れたのかは分からない。情報たちは投げ出され、蒸発し、空気となって彼を取り囲んでいる。

一体どんな空気かというと、ちょうど次のような感じだ（私の体験より）。

——その人は電車の7人掛けシートに行儀よく座っていた。20歳前後だろうか。大学生らしきカジュアルな服装だ。その人の手は膝に載せた鞄に添えられ、指先は10本とも、紺色のラメ入りのネイルカラーに彩られている。つやつやと手入れされた銀河が10個。手持ち無沙汰《ぶさた》そうに、時おり自分だけの銀河を窓から差す光にキラキラと反射させて眺め、やがて降りていった。空いた座席を横目で見ながら、隣に乗り合わせた60代くらいの夫婦がひそひそ囁《ささや》き合う。

「さっきの、男？　女？」

「男じゃない？　骨格が男だったよ」

「でもマニキュア塗ってたぞ」

「男のくせにね」


私はべろんべろんに剝げたまま放置している自分のネイルを見下ろしながら、内心白目をむいていた。こんなにも分かりやすく嫌な現場に居合わせることってある？　またしてもツイッターにポストすれば「嘘松」と言われそうな悪《あ》しき体験である。いっそ言ってほしい。でも残念なことに、嘘松ではなかったのだ。

彼らの発した「男のくせにね」という言葉は気化して他の似たような言葉と混ざり合い、空気中を漂ってあらゆる街へ流れ込み、イオンモールのパウダールームへ行き着いた。小学1年生の男の子を今にも取り囲もうとしている見えない膜を、あの若いお母さんの化粧ポーチから繰り出されるチークブラシが掃《はら》い、コットンが拭い去り、リップスティックが塗りつぶしたのは幸運だったと言える。

とはいえ、昨今「メンズコスメ」なんて、もはや新しくも何ともないんじゃないの、と私の中のシティ・ガールが懐疑的に呟《つぶや》く。まあ、確かにそうかも。とりあえず百聞は一見にしかず、と私は架空のシティ・ガールとともに、現実世界のいくつかの百貨店へ足を運んでみた。

〈メンズビューティー〉〈メンズコスメティクス〉と冠した売り場をそぞろ歩くと、気の利いた什器《じゅうき》に洒脱《しゃだつ》に並べられた、ソフィスティケートされた容器の数々。ほら見ろ、とシティ・ガールが勝ち誇って言う。

(ほら見ろ、メンズコスメなんてもう市場に溢れ返ってるんだから。好きなものを選んで、好きなだけ使えばいいじゃん。ああ、でも、コスメティクスといっても基礎化粧品とフレグランスが大半だね。ネイルカラーやアイカラーやリップカラーを専門的に置いているお店もあるけど、まだまだメンズコスメは女性の化粧品に比べて、少ないんだ。もっと自由になればいいのにね……。)

ここまで聞いてから、私は頭の中で彼女の脳天にチョップを振り下ろした。いや、お前だお前。進化してないのはお前だ。お前っていうか、つまり私なんだけど。

一般的に、男性は女性よりも皮脂の量が多いとされる。だからスキンケアの成分を男女で分けるのは合理的である。だけど爪やアイホールや唇のように狭い面積に男女差が顕著に現れるだろうか。絶対現れない気がする。現れないなら、現在世の中に溢れ返っている「女性用」と定義された化粧品は男性の身体に対応可能なはずだ。それなのに「基礎化粧品以外のメンズコスメは少ない」と感じることは、「特に何も明記されていない化粧品は女性のもの」「男性は男性用に作られた化粧品しか使ってはいけない」という先入観の証明に他ならない。

このシティ・ガール（というか私）は傲慢《ごうまん》だ。小さな子供に制約を感じさせてしまう責任が大人にあることは理解しているが、ある程度成長した人間は自分で好きな情報を摑《つか》み取れると思っている。自分だって「特別な記載のないコスメは女性用」という偏見に無自覚にとらわれているのに、その気になればいつでもニュートラルな空気を吸えると信じて疑わない。「誰も気にしてないでしょ」と片付けて空気中の成分に注目しない。そのくせ、男の子の絵を描いたりするときには睫毛《まつげ》を強調しなかったり、爪を赤く塗らなかったりするから厄介だ。シティ・ガールの言う「好きなだけ使えばいいじゃん」は、イオンモールで聞いた「塗りたかったら塗ればいいんだよ」よりも圧倒的に視座が低い。私は百貨店の地下フロアの片隅でチョップし続けた。むかつくシティ・ガール（というか私）の頭は一発ごとにベコベコにめり込んでいった。

＊

それにしても、なぜ現代社会では多くの男性が化粧をしないことになっているのだろう。

平安時代から室町時代まで、公家《くげ》や武家の男性は高貴さの証《あかし》として白粉《おしろい》やお歯黒、眉の化粧をしていた。戦国時代には合戦へ赴《おもむ》くためのメイクを施す武将もいた。江戸時代になると化粧を用いて忠誠心を示すという組織構造が瓦解し、戦場へ出かける必要がなくなり、公家や天皇家を除く男性たちはスキンケア以外の化粧文化から遠ざかり始めた。そして明治政府がついに公家の男性に対しても、お歯黒や眉の化粧を禁止する。明治４年には断髪令が発布され、富国強兵の名のもとに男性は化粧と切り離されていった。

そしてチーク（明治末期）、リップ（大正）、西洋風の細い眉（大正末期）、アイシャドウ（昭和初期〜戦後）などの現代のメイクアップにも通ずるポイントメイクは、もはや男性とは関係のないものとして日本中に広まっていった。第二次世界大戦が終結するとセックスワーカーの女性たちから西洋風の真っ赤な口紅が流行し、その後ピンクのファンデーション、ピンクの口紅が流行《はや》り、改めて色鮮やかなアイカラーが普及していった。

男性が化粧から切り離されている間に化粧品のカラーバリエーションは無限に膨れ上がり、最終的には「顔や身体に色を塗る行為」そのものが女性とだけ強く結びつけられていったのかもしれない。

「顔や身体に色を塗る行為」といえば、私はチリの映画監督、アレハンドロ・ホドロフスキー氏の映画『エル・トポ』（1970年公開）を思い出す。

一人息子と共に馬に跨《また》がり荒野を旅するガンマン、エル・トポは、山賊に占領された修道院を訪れる。修道院は破壊し尽くされていた。性欲を持て余した山賊は修道士の青年たちを銃で脅し、チークダンスの相手を務めさせ、踊りながらキスを強要する。さらにカソックを剝ぎ取り、腰に布を巻きつけ、頭にベールを被せ、彼らのあごを摑んで唇に赤い血を塗りつける。四つん這《ば》いにさせた修道士に馬乗りになり、山賊たちが笑い狂うところで場面は終わる。

この乱暴なシーンが単純に「ヘテロ的セックス」を示唆しているのであれば女性に、「神への侮辱」を示唆しているのであれば聖母マリアに、修道士の青年たちは見立てられた。唇に塗られた赤い血は明らかに口紅であり、男性から女性、それも「セックスへの強い関与を予感させる女性」への転換を思わせる。要するに、「アバズレ」と笑うためにわざわざ唇に赤い色を載せたのである。「男性なのに女性のように身体を飾り立て、自分と同じ男性に性的に阿《おもね》っている」もしくは「貞淑な聖母マリアなのに、真っ赤な口紅を塗りセックスの要素を加えられている」という点が、彼らにとっての嘲笑《ちようしよう》ポイントだ。この荒くれ者たちにとっては、「口紅（顔や身体に色を塗る行為）」＝「女」＝「自分に性的な可能性を開放している存在」なのだ。

戦後70年も過ぎ、『エル・トポ』公開から50年以上経った現在にも、もしかするとこの、

「顔や身体に色を塗る行為」＝「化粧をすること」＝「男性に性的な可能性を開放した女性になること」

という図式がうっすらと残っているのかもしれない。だから化粧品を使用する男性に対して「男のくせにね」という言葉が放たれるのかもしれない。

すなわち、

近代的な化粧とは、女性の顔を色で飾ったり、血色を良く見せたりする手段である
←
女性が顔を色で飾ったり血色を良く見せたりするのは、男性へのセックスアピールのためである
←
男性は男性にセックスアピールする必要はないのに、「化粧する男性」はそのイレギュラーな行為をしている
←
「化粧する男性」はおかしい

という論調である。

「男性は化粧をしてはいけない」という制約は「女性は化粧をしなくてはならない」

という制約とほぼ同義だ。
すなわち、

近代的な化粧とは、女性の顔を色で飾ったり、血色を良く見せたりする手段である
↓
女性が顔を色で飾ったり血色を良く見せたりするのは、男性へのセックスアピールのためである
↓
女性は男性にセックスアピールしなければならないのに、「化粧しない女性」はその常識的な行為をしていない
↓
「化粧しない女性」はおかしい

ということになる。

こう書いてみると「女性は男性にセックスアピールするとは限らない」「女性のセッ

クスアピールは男性にのみ向けられるとは限らない」「男性が男性にセックスアピールするとき女性の形を模すとは限らない」「化粧は誰かのために施すものとは限らない」「男性がいわゆる女性のものとされているものを身につけることは別にイレギュラーではない」という、人間が文化的な生活を送るために必要な理性が全て失われた、地獄と見紛《みまご》う世界観になってしまった。

こんなおそろしいディストピアを脱却し生き抜くためには、相当な情熱が必要となるに違いない。あるいは、軽やかな清涼感や、ポップでアッパーな高揚が人生の助けとなるに違いない。

なんと、ここに超お手軽に気合いを注入し、クールな気分を演出できる、思わずスキップしたくなってしまうくらいゴキゲンな魔法の道具があるんですよ。これを使えばあら不思議、女だろうが、男だろうが、誰でも好きなものに変身できるというわけ。

宇宙人風にも、獣風にも、ヤンキー風にもなれるし、いわゆる子供っぽく、いわゆる男っぽく、そしてもちろんいわゆる女っぽくもなれる(もしなりたければね)。あなただけに特別に教えてあげましょう。本当は人に言ってはダメだってきつく口止めされているから、絶対誰にも言わないでね。

化粧品っていうんですけど……。

塗りたかったら塗れば
ベストアンサー賞（勝手に）
ササ
ササ
男の
男のくせにー
せにー
空気中に漂う偏見
キラキラー
フフフ
男の子がコスメと生きるのはダメじゃないんじゃない
誰もとめてないけど
チョップ
そこから選んだらええやん
架空のCity Girl
（シティガールのイメージ
＝パーマとネッカチーフ）
NO
がーん
Women's
Men's
決まった場所に色を塗る
＝化粧
女
＝セックスアピール
それ以外の場所は
化粧ではない
（汚れか!?）
トゥンク
男友達
えっセックスアピールされてる
そんなことある？

女に性欲があるのは
ダメじゃないんじゃない

突然だがセフレを探している。パートナーがおらず、突然怒鳴ったりせず、割り勘ができる程度には経済的に自立していて、諸々《もろもろ》のリスクヘッジに積極的で、お互いの生活に干渉しない、良好かつ穏便な関係を築ける人がいい。

……と、こんな風に女がセックスの相手を探していると、（笑）という空気になることがしばしばある。

もちろん募集の告知に向かないＴＰＯがあるのは理解しているし、相手が誰だろうと、何人だろうと、性交の管理を怠《おこた》る危険性があることだって知っている。しかし同時に、時と場所を選び、マナーを守り、細心の注意を払ったとしてもこの（笑）を浴びる場合があることも、やっぱり私は知っている。

『ダメじゃないんじゃないんじゃない』は「別にダメじゃないのに、なんかダメっぽいことになっている」ものについて考えるエッセイだ。だから「ダメっぽいことになっている気がする……」という体感からスタートする。体感的な訴えは、過ぎてしまえば「気のせいだったんじゃない？」「気にしてるのはあなただけじゃない？」「誰もダメだなんて言ってなくない？」と簡単にとぼけられ、分からないふりをされる。点と点を繋がないように上手く回避し、「いつでも安定して検証できるわけじゃないから」と半ば意図的にタイミングを逃されてしまう。そのタイミングを半ば意図的にキャッチするために、体感を、取るに足らない気の迷いではなく、耳を傾けるに足る仮説として取り上げている。

というわけでさっそく体感をベースとした話で恐縮だが、セックスの話題になると、聞き手の反応は話し手の所属するカテゴリーに大きく左右される。それも「女」か「男」かという、血液型占いよりも雑なカテゴリーに。そして女性がセックスの相手を探していると、しばしば「欲求不満ｗ」「モテないの？ｗ」「恥じらいがないｗ」「男漁《あさ》りｗ」「ヤリマンｗ」というタイプの（笑）が繰り出されるのである。ちなみに男性は「やりたい」と発言してもあまり笑いには発展しないが、なぜか経験の有無や技術力、リソースのサイズをやたらとイジられる。

（笑）はどこから来るのだろう。

それを探るために、ひとまず「フレンド」よりも先に「セックス」の方からやっつけようと思う。なぜならフレンドという関係を構築するためには複数の人間が必要だが、セックスなら一人から始められるからだ。

そう、セックスは一人でも始められる。平たく言うとマスターベーション、オナニーである。いつでも好きなときに、自分のペースで進められ、よきタイミングで終えられる。補助器具も無数に流通し、ユニバーサル・デザインのセックス・トイもずいぶん増えた。

環境は申し分なく整っているのに、主語が全体の約4分の1くらいを占めるであろう「女」になった途端、プレイヤー本人たちはいっせいに口を噤む（さすがに「女」「男」の2分割で話を進めるのが心苦しいので、超雑に「自由回答」「無回答」を足して単純計算で4分の1にしてみた。それでようやく血液型占いとトントンである）。

本人たちが口を噤んでいるなら、そもそも口を噤んでいたこと自体、彼女たちが存在していること自体、誰も気づかないのではないか、と思われるかもしれない。なぜ人類が「女もマスターベーションする」という事実に気づいたかというと、最近になってプレイヤー本人ではなくその周辺が、今まで以上に活発に話し始めたからだ。

雑誌『ａｎ・ａｎ』のＳＥＸ特集号で、綴《と》じ込み付録としてアダルトヴィデオが同《どう》梱《こん》され話題になったのは２０１２年。翌２０１３年には株式会社ＴＥＮＧＡによって女性向けのセルフケアグッズブランド「iroha」が立ち上げられ、それ以来マスターベーションを指す「セルフプレジャー（自分を喜ばせる）」という単語も頻出するようになった。

エポックメイキングだった２０１０年代前半から「セルフプレジャー」業界はますます発展を進めている。女性向けであることを強調した小〜中規模のブランドがどんどん立ち上がり、Instagramアカウントがバンバン更新される。その画像がどれもコケティッシュから他人の視線だけを抜き取り、自分自身の悪ふざけだけを残した絶妙な塩梅《あんばい》なのだ。

そのイケまくっているセルフプレジャーグッズメーカーのうちのひとつ、シンガポールの「Smile Makers」が２０１９年１月、パリの展示会「Interfilière《アンテルフイリエール》」に出展した。「Interfilière」は年２回開催されるランジェリー・インナー向け資材の展示会だが、近ごろセルフプレジャーグッズがランジェリーとごちゃ混ぜに並ぶようになったのは特筆すべき変化だ。Smile Makersのウェブサイトにもself、そしてpleasureという言葉が躍っている。要するに、いろんな人が「さすがにそろそろ、もうちょい話しやすくなってもいいんじゃないの」と心を砕いてくれているのである。

しかしそんな動向に反して、「セルフプレジャー」なる言葉はときどき揶揄の対象となる。インターネットで「セルフプレジャーって何だよ、結局はオナニーだろ」という嘲笑のコメントを見かけるたび、根底に「従来のえげつない『真実』から目を逸《そ》らし、きれいな言葉でキラキラと体裁を繕《つくろ》い、誤魔化《ごまか》している」と糊塗《こと》に見せかけようとする糊塗を感じ取る。まるで「セルフプレジャー」という言葉遣いでは辿《たど》り着けない、「ほんとうの、真実のエロの姿」がどこかに存在するかのようだ。

しかし「えげつない」アウトプットが「きれいな」アウトプットに比べて真理に近いなんて、誰が言い切れるというのだろう。言い切れる人がいたら神かもしれない。すごい。

＊

正しいエロのあり方は神ではない人間には分からないので置いておくとして、次はフレンドである。セックスは一人でもできるが、二人以上でもできる。この二人以上というのがまたややこしい。人間が二人以上いると必ず関係性が発生し、思いもよらない齟齬《そご》が起きる。

フレンドに限らず、女がセックスの相手を探していると、(笑)の空気に晒《さら》されると最初に書いたが、恋人ではなくセックスフレンドという相手を求めると、風当たりはひときわ強くなる。

避妊が必要な相手の場合は避妊を、そしてどんな相手でも感染症予防を行い、なおかつ他の人間関係に支障がない場合、楽しいセックスの相手を探し求めるのは責められることではないはずだ。それでは何が、悪くないことを悪いことに変えているのだろう。

ふと思い出したことがある。子供の頃、弟と二人で胡坐《あぐら》をかいてテレビを見ていたら、私だけが祖母に「女の子がそんなに足を開いて、はしたない」と怒られた。もしかするとこの「はしたない」という感覚が全ての根底に脈々と流れているのかもしれない。

足を広げて座るなんてはしたない。

ミニスカートを穿《は》くなんてはしたない。

胸の開いた服を着るなんてはしたない。

処女じゃないなんてはしたない。

セックスしたがるなんてはしたない。

セックスのための人間関係を構築したがるなんてはしたない。

私たちは何億回この言葉で注意されてきたか分からない。「はしたない」を辞書で引くと「慎みがなく、みっともない」と書かれている。「慎み」とは控えめに振る舞うことだ。「控えめ」の対義語は「積極的」や「図々《ずうずう》しい」だ。積極的にセックスしたがることは図々しいのだろうか。

例えば、どこかに「ほんとうの、真実のセックスの姿」があるとすれば――そしてそれが「必ず男女二人で行い、女性が男性に一方的に選ばれ、求められ、与えられて初めて実現するもの」だけを想定しているとすれば――なるほど、与えてほしいと要求するのはいっそ図々しいのかもしれない。お歳暮を自ら要求する行為が図々しいように。

あるいは、気持ちよくなりたいと思ったときに取るべき正しい方法が「男性によってもたらされる機会を待つ」だったとすれば、「ひとり」は「一人」ではなく「独り」であり、選ばれず、求められず、与えられないからやむなく独りでせざるを得ないことになるのだろう。与えられなければセックスにアプローチする方法がないとすれば、欲求不満は単なる「身体の状態」ではなく、与えてもらえない惨《みじ》めなシチュエーションを指すのだろう。そして自分から気持ちよさを探求しに赴くことは、男性からの寄贈に満足していないという表明になるのだろう。


正規の手続きを踏まなければ辿り着けない「ほんとうの、真実のセックスの姿」は規範から外れた人々を（笑）で包む。包まれるのは女性だけではない。男性がなぜか経験や技術力、リソースのサイズをイジられる謎のセオリーもここから発生している気がする。

しかし宇宙の法則、原理原則、完全に正しい「ほんとうの、真実のセックスの姿」なんて、考えるだけで字面が面白すぎる。宇宙的に正しいセックス。ＳＦである。

＊

「真実のエロ」「真実のセックス」という字面で2時間くらいは笑えそうだが、実は全く笑っている場合ではない。この一見マヌケな（笑）が危険なのは、「欲求不満ｗ」「モテないの？ｗ」「恥じらいがないｗ」「男漁りｗ」「ヤリマンｗ」の後に高確率で「じゃあ、何をしてもいいんでしょｗ」と続くからだ。

セックスしたがっている女には何をしてもいい。例えばツイッターにて、客のルール違反に苦言を呈するセックスワーカーの女性に「自分で選んだ仕事だろう」とリプライが投げかけられるのは全く珍しくない現象だが、この言い分は、

自らセックスワークに就く女性

←→

自らセックスしたがっている女性

←→

セックスに関することなら何をしても許される存在

というめちゃくちゃな意味づけをめちゃくちゃに混同し、さらにセックスワークが成立してきた過程に存在する構造的搾取《さくしゅ》から目を逸らさなければ思いつくことさえできないだろう。「真実のエロ」「真実のセックス」を信じるあまり、架空の真理を見出してしまっている。この理論でいくと「能動的にセックスに関わらない『普通の』女」と「セックスが大好きだから何をされても受け入れる女」の二種類のみが「ほんとうの、真実の女の姿」ということになる。

しかし人間をせいぜい二つだか三つだか四つだかに分けただけの「真実の姿」とやらに人間の方を無理やり合わせるとなると、人類全員を二つだか三つだか四つだかのミキサーにかけて均《なら》すくらいしか思いつかない。あまりにもグロい。

構造的搾取といえば、昔知人男性に「セックスワークを構造的搾取だからといって救済しようとするのは、誇りを持って、好きでその仕事をしている女性に失礼じゃない？」と言われたことがある。

構造的搾取に大いに影響されながら職業のガイドラインが形成されてきたことと、たった今、この瞬間にも生きて、セックスワークに従事する人々を否定したり批判したりジャッジしたりすることは全く別物だ。既に存在してしまって（過失ではなく現在完了）いる職業そのものを良いとか悪いとか断じる権利は誰にもない。だって今も生きているのだから。

こんな風に、「真実のセックスの姿」にまつわる言葉が誰かを傷つける可能性がある……と立ち止まって考えようとすると、その隙に、やっぱり「気のせいだったんじゃない？」「気にしてるのはあなただけじゃない？」「誰もダメだなんて言ってなくない？」と言われるかもしれない。私だって、全てを「何時・何分・何秒・地球が何回回ったときに違和感があった」とは記録していない。だけど体感として違和感があるということは、全くなかった証明にはならない。違和感は「そういうこともあるのかもしれない」証明である。「そういうこともあるのかもしれない」証明の堅牢度《けんろう》が個人的に信じられないときにできることは、「堅牢度」の「堅牢性」を探すことではなく、「そういうこともあるのかもしれない」と思ってみること、そしてその原因を探してみることだけだ。

冒頭でセックスフレンドを募集していると言ってはみたものの、実は私はいわゆる「一般的なセックス」がかなり苦手である。そういえばやはり２０１０年代前半に「添い寝フレンド」なるものが流行ったのを思い出してノスタルジーに浸ってしまった。添い寝フレンドにセックスは含まれないという定義だったはずなので、やはりフレンドとセックスをするためにはセックスフレンドを作らなければならないのだろう。

それでは私はセックスフレンドの解像度を上げ、「一般的に信じられているセックス」が苦手でも友好な関係を続けられるセックスフレンドを探してみようと思う。即ち「オリジナルのセックス」フレンドだ。生きている間に一人か二人見つかればありがたい。もしも見つかればそのときだけは、私にとっての「ほんとうの、真実のセックスフレンド」と呼んでもいいかもしれない。

女に性欲があるのはダメじゃないんじゃない
体感を仮説にしてみる〜〜
セルフプレジャー
「えげつない」文言
「真実のエロ」はそんなにチョロくない気がする 知らんけど
「真実のセックス」を司る なんかすごい存在
セックス
モヤ〜
顔
おお…
なんかありがたい 知らんけど
ゴクリ
●月●日 ▲▲時▲▲分 確保〜〜ッ
キッチリ
ベン図
気のせい
河童を見たような…
気のせいじゃない？
ヒ〜
おたすけ〜
グロい グロすぎる
女
バミリオン・プレジャー・ナイトで東芋さんの作品を観たのが21年前と気づきビビる

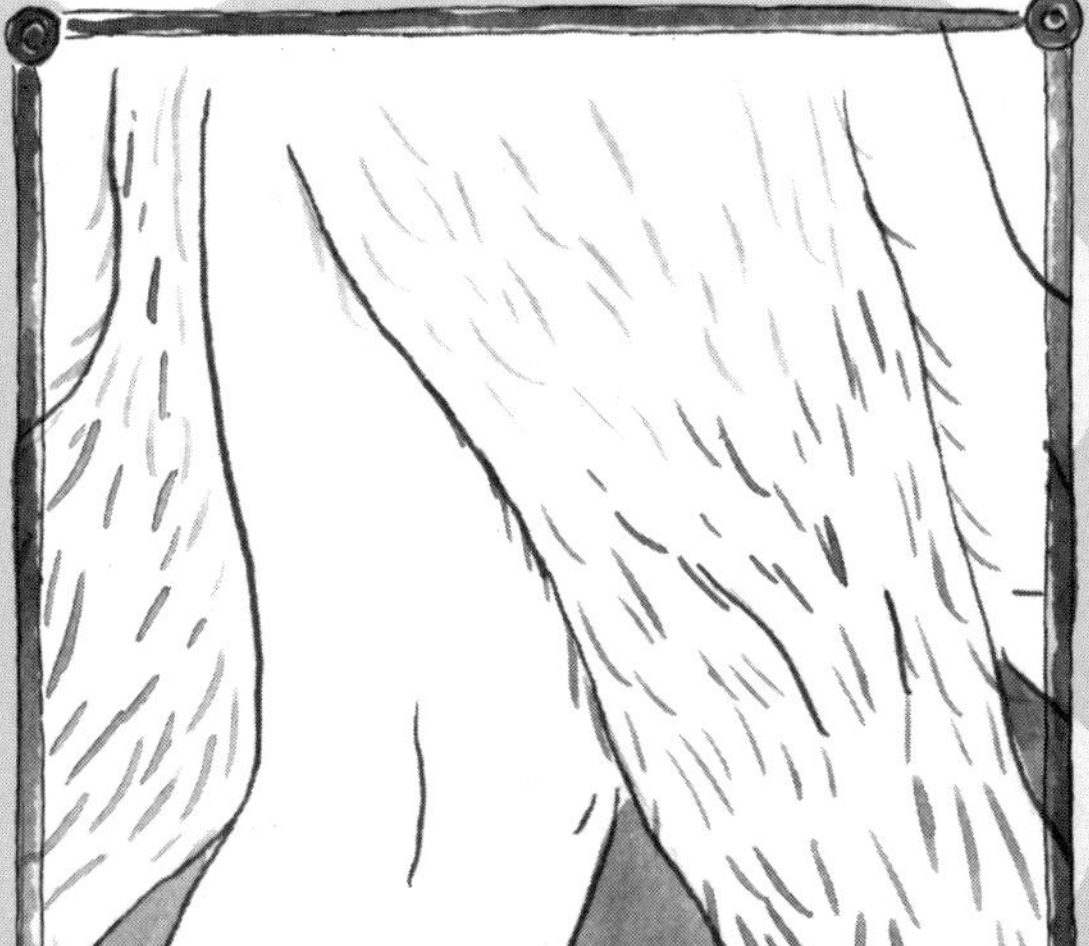

フェミニスト（というか人類）が
脱毛するのは、
あるいは脱毛しないのは
ダメじゃないんじゃない

夏である。

この文章を書いている2020年夏、たった今、私の耳には近所の子供が庭先にプールを出してもらって遊ぶ歓声が聞こえている。すごく羨《うらや》ましい。

新型コロナウイルス感染症の流行によってウォーターレジャー（というかレジャー全般）にアクセスできない昨今、家庭用プールも設置する庭も持っていない私は、多くの人と同じく夏らしいことを全くしていない。それでもありがたくも日常生活を過ごし、電車にも乗れている。電車に乗ると、例年通り春先から掲げられ始めた脱毛サロンの広告が、海やプールへ潑剌《はつらつ》と誘う。水着を着た若い女性の写真に「つるつる肌で夏を楽しもう」という旨のコピーが躍るポスターには平和なバカンスが満ちている。

サロン脱毛やクリニック脱毛と呼ばれる「脱毛」は、皮膚の下に埋まっている毛根に向けてメラニンに反応する光やレーザーを照射することで、毛の発育を妨げる仕組みだ。

基本的に複数回にわたって処置を受ける必要があり、さらに光やレーザーは1回照射すると1ヶ月以上期間をあけなければいけないと決まっているケースが多いため、「つるつる肌で夏を楽しもう」ポスターが出回る4月頃から夏本番の7月、8月に脱毛を始めても、その年の夏を「つるつる肌で楽しむ」ことはできない。むしろ施術前後24時間は強い紫外線を浴びないよう注意されがちなので、直近のレジャーとは確実に両立できない。

乾燥こそすれ肌への物理的刺激が少ない冬の方が脱毛に適していそうなものだが、ポスターは「この夏を理想の姿で過ごさなかった歯痒《はがゆ》さを未来の夏に対するモチベーションに昇華させよう」と提案してくる。

なぜ私が「24時間は紫外線を避ける」などの細かい注意事項を知っているかというと、脱毛の経験があるからだ。数年前に長年患っていたアレルギー性の皮膚炎がやや治まったのでカウンセリングを受けた。痛くも熱くもなく、幸運にも皮膚疾患が悪化することもなく、技術の進歩を感じているうちに2年弱のサロンとの契約期間は無事終わった。

これは脱毛あるあるだと思うが、施術を終えたからといって体毛が全てなくなるとは限らない。私の場合、膝下は全く無毛、膝上はスタッフのお姉さんがたぶん1回光を当て忘れた（二人でお喋《しゃべ》りしていたらめちゃくちゃ盛り上がってしまったためだと思われる）せいか右のみ薄く残っていて左はほぼ無毛、腕は肉眼では見えないが近寄って観察すればうっすらと確認できる状態、腋《わき》は多少薄くなった程度である。膝上については「どうせ当て忘れるなら左右対称に忘れてほしかった」という気もするが、業務を忘れるほど会話にノッてくれたのかと思うと、いっそ嬉しい。

アシンメトリーに施術されてしまったことよりも気になったのは、待合室や施術室に所狭しと飾られたポップだ。街中の広告だけでなく、サロン内にまで「目指せ、愛され肌」とか「男的にはチクチクの肌はNG」などの文字が溢れているではないか。「愛され」や「男的には」から分かるように、その多くが他者からの視線を内包している。

先日、ここ数年通っているフランス語教室でオンラインレッスンを受けていると、フランス出身の先生がニヤニヤしながら自分の書いたコラムを教材として送ってきた。先生は日本の文化にまつわる記事を地元ボルドーの大学が運営する文化人類学のウェブサイトにときどき載せている。

見出しにはものすごく太いフォントで「電車に掲げられた脱毛広告の不思議！『白金に輝く美術館』はつるつる肌の女性を展示するのか!?」と書かれている。どうやら大手脱毛サロン「ミュゼプラチナム」について書かれているらしい。Muséeはフランス語で美術館。美術館は展示物を見せるための場所。というわけで、白金の美術館という名を冠する脱毛サロンは、どこから「見られ」てもOKな「展示物」としての女性を「見せる」ための施設か!?　というわけである。

突然名指しされた株式会社ミュゼプラチナムさんを思うと心苦しいが、要するに「脱毛、『他者からの視線』を内包しすぎじゃね？」という話であることは私の語学力でもすぐ理解できた。身に覚えがありすぎるからだ。

＊

以前、登壇したトークイベントでこんな質問を投げかけられたことがある。

――フェミニストでいたいのに、脱毛もしたい。この相反する気持ちにどう折り合いをつけるのがよいでしょうか？

フェミニストである自分と、脱毛をする自分の折り合いがつかない。この葛藤が成立するためには、「フェミニスト＝脱毛しない存在」という共通認識が必要となる。

フェミニストと脱・脱毛は、近年ますます深く結びついている。「社会の規定する美しさは脇へ置いておいて、のびのびと振る舞った結果としての自分の身体を大切にしよう」というボディポジティブの考え方は日々広まりつつある。その中でも体毛を処理せず、腋毛などを自然に伸びた長さでキープし、時にはカラーリングしてファッションの一部にするというアクションはＳＮＳでもひときわ注目を浴びている。

体毛処理なんて好きにすればよろしい、誰も強制していない、という人もいるだろう。だが、残念ながら個人が「自身も強制に加担しているかも……」と責任を感じずに済む程度には、強制のムードは日常に浸透している。

体毛について考えるとき、私はいつもガストンのテーマソングを思い出す。ガストンとはディズニーのアニメーション映画『美女と野獣』（１９９１年）に登場する悪役だ。主人公ベルに思いを寄せつつも、マッチョイズムを具現化したようなキャラクターのせいで彼女に振られ続けている。劇中でガストンが歌う彼のテーマソングには、胸毛を自慢する一節がある。ガストンによると胸毛は「男らしい」セックスアピールだ。体毛は男らしさの象徴。体毛は男性だけのもの。転じて、自分にはない「無毛」の肌に男性は性的魅力を感じる。「女性らしさ」と無毛は切り離せない……という見えない図式がガストンの曲からは窺《うかが》える。

人類全員がガストンなわけはないが、いまだ日常生活レベルでは、女性は毛を処理するもの、生えていたことさえ気づかせないよう心がけるべきだという風潮があるのは事実だ。

2017年にスウェーデン出身のモデル、アルヴィダ・バイストロム氏が、足の毛を生やした状態でアディダス社のスニーカーの広告に登場した。この広告には激しい拒否反応が示され、誹謗《ひぼう》中傷が多く寄せられた。

この出来事ひとつとっても「(女性が)体毛を生やして人前に出ることは全く問題ではない」と言い続けることはいまだに必要であり、そのメッセージを打ち出すためには「体毛を生やした状態でのびのびと暮らす様子を発信する」アクションは有効だと分かる。

……ということは、やはりフェミニストは脱毛しない方がいいのだろうか。フェミニストは全員毛を生やして生きるべきなのだろうか。この葛藤が成立するためには、

「フェミニストとは何か」という定義を共有しなければならない。

もしも今「フェミニストなんですけど、脱毛しない方がいいかな?」と聞かれたら、私は「いいえ」と答えるだろう。なぜならフェミニストとは、

全人類の中からランダムに人間を一人チョイスしたとき、その人がどんな性別であろうと（もちろん「女性」だった場合も）、その前後にチョイスした人間に比べて選択肢が何も欠けていない状態を実現させようとする人

だからである。このフェミニスト像を毛の例文に当てはめると、

全人類の中からランダムに人間を一人チョイスしたとき、その人の身体のどこにどれくらいの体毛が生えていようといまいと、その前後にチョイスした人間と同じように否定も肯定もされない状態を実現させようとする人

となる。つまり、女性（だろうが男性だろうが、女性でも男性でもなかろう）が、身

体のどこに毛が生えていようが生えていまいが、誰にも何も言われない状態を実現させようとする人がフェミニストだ。だから自身の毛をどう扱っていようと矛盾することはないのだ。

というか以前から気になっていたのだが、そもそも、毛の話ってものすごくセンシティブではないだろうか。

毛がフワフワと揺れる存在だからか、それとも毛に神経や痛覚がないからなのか、毛のこととなると我々は、身体本体に対してはどうにかこうにか持てるようになってきた「気軽に言及するとさすがにやばい」という感覚を簡単に忘れてしまう。

しかしいくら毛が風になびこうが、日差しに透けようが、血が通ってなかろうが、根本ではガッツリ皮膚と、身体と、繋がっている。そんな込み入ったものに対して他人が口出しするなんて正気の沙汰ではない。「腋毛を処理しろ」「口ひげを剃《そ》れ」などというのは完全に出すぎた真似なのである。

どうしてもマナーとして何か打ち出したいなら、せいぜいが「腋毛には汗が付着しやすいので、できればこまめに拭き取りましょう」「口ひげにはスープが付着しやすいので、できればこまめに拭いましょう」などの衛生的観点からのアドバイスくらいだろう（それにしたって拭きすぎると皮膚の調子が悪くなるという人がいれば要相談案件だ）。毛は身体なのだから。

そんな超絶センシティブな「毛」について口を出してもOKだと思っちゃう一番の大義名分に「『汚い』ものを見たくない」という主張があることは、私だって予測済みだ。「わざわざ見せるな」「処理しなくてもいいから他人様《ひとさま》の視界に入れるな」というコメントは、ボディポジティブのシーンでは聞き飽きるほど溢れている。

しかし申し訳ないが、この「（誰かの身体を）見たくない」という主張は受け入れてはいけないものである。

視界はみんなで相互的に共有しているものだ。多くの場合、誰もが誰かを視界に入れ、誰もが誰かの視界の中で生きている。一人暮らしの部屋の中に見たくないほど「汚い」ものがあるなら好きに片付ければいいが、自分の部屋でもなければ、自分の持ち物でもない、それどころかインテリアでも壁紙でもなく自分と同じ人間としての「生きて街をうろうろしている身体」を一方の主張で排除することは不可能だ。

反射的にどう感じようともちろん自由だが、誰かの「生きて街をうろうろしている身体」をコントロールすることは絶対に叶《かな》わない。

生きている身体は、生きているからだ。

ダジャレを言っている場合ではない。フェミニストの話に戻ろう。

生きている身体を持ち、その身体で今を生きている我々は、生きているだけで少なからず「世の中」の影響を受ける。現在、世の中はどう贔屓目に見てもいまだに「女性に毛が生えていたら割とギャーギャー言われる」状態である。

私は自分が脱毛した理由を「腋などに溜《た》まる体臭を軽減するため」だと思っているが、実は気づかないうちに「やっぱり女性は毛を処理しなくちゃ……」と思わされているのかもしれない。腋毛をカラフルに染めて街を歩いてみたいけど、その姿で会社に行けば何と言われるか大体想像がついてどうしてもできないという人もいるだろう。個人の好みと恐怖心が半々の人もいるだろう。「ギャーギャー言われない」ために少なくない金をかけて処理をせざるを得ない人もたくさんいるだろう。毛を処理する自由は、「処理したいと自発的に思っているつもりでも、思わされているのかもしれないな」というぐらつきとともに、それでも処理しない自由と完全に同じだけ存在している。

ここで慎重にならなければならないのは、【毛を処理する自由が、毛を処理しない自由の足を引っ張っている】というような構図にまんまとハマらないことだ。

さっきも書いたが、フェミニストが目指しているのは毛を処理していようといまいと「ギャーギャー言われない」状態だ。女性（だろうが男性だろうが、女性でも男性でもなかろう）が、身体のどこに毛が生えていようが生えていまいが誰にも何も言われない状態だ。

もちろん毛を生やして街を歩く人数が増えれば増えるほど、現状の不均衡を崩す最短コースに近づくだろう。それは皆分かっている。しかし既に「ギャーギャー言われる」世の中に生まれ終え、少なからず世の中の影響を受けた人が（自分はどうしても体毛を処理せずに外に出られない……）と思ったとしても、「ギャーギャー言われない」世界を目指せていないことにはならない。フェミニストなのに毛を処理してもいいのかな、なんて悩まなくていい世の中を目指すのがフェミニズムだからだ。そして毛を生やす以外にも、そんな世の中を目指すためにできる選択は無数にある。

ここまで書いていて、肘《ひじ》が痛くなってきた。最近、皮膚がなんとなく摩擦されているような、押しつぶされているような違和感がある。ＰＣに向かうときにデスクに肘をつく癖があるのだが、家にいる時間が長くなったせいで、肘をつく時間も長くなったからだろう。

痛いな〜、クッションでも設置しようかな〜、と思いながらふと見ると、すっかり薄くなったはずの腕毛《かいなげ》の一部が復活しているではないか。それも、まさにデスクの縁に当たる箇所だけ。他の部分は全く変わらないのに、人体の底力を感じる。

夏である。部屋に西日が差し込み、だらだらと汗が流れる。

さっきも書いたように体臭を軽減することが脱毛の第一目的だったので、私はまだ残っている腋の毛を将来的にもっと薄くしたいと考えている。たぶんもう一度サロンに行けば、私の膝上をアシンメトリーにしたお姉さんが出迎えてくれて、決まった数の範囲で自由に部位を選べるスタンダードな脱毛のコースを勧めてくれるだろう。

何箇所選んでも料金は同じだが、肘周辺の毛は残しておこうかな……と思っている。腋は無毛、肘はフサフサが私のベストコンディションかもしれない。

フェミニスト（というか人類）が

脱毛するのは、あるいは脱毛しないのはダメじゃないんじゃない

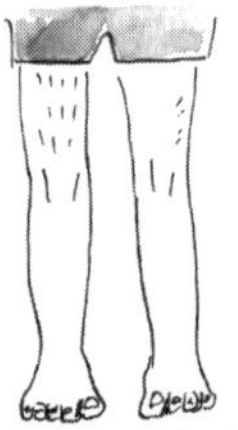

アシンメトリーな
私の足の毛

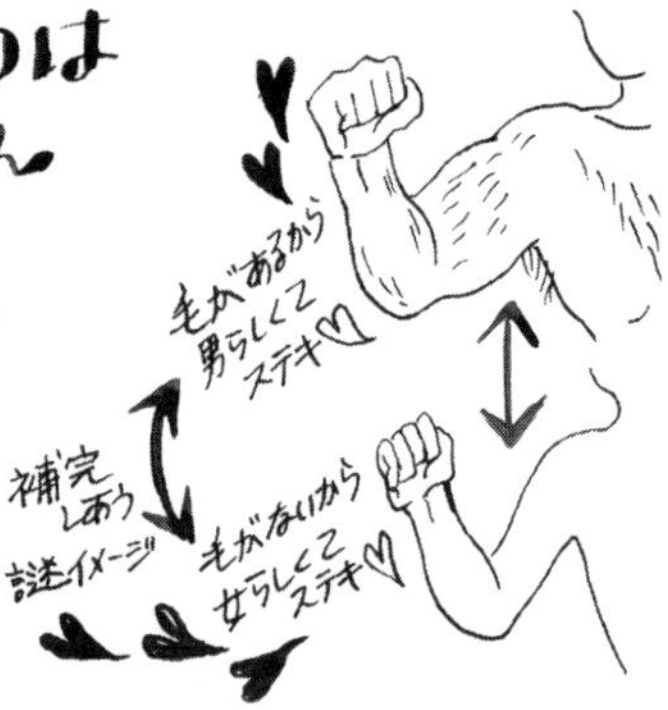

毛があるから
男らしくてステキ♡
補完しあう
謎イメージ
毛がないから
女らしくてステキ♡

全人類の中から
一人をランダムに選んだとき

他の誰が選ばれたときと比べても
選択肢が何も欠けていない状態
YEAH

涼しい
特に
涼しい
邪魔しあわない

「『迷惑』だからダメ」

ベビーカーが
「ベビーカー様」なのは
ダメじゃないんじゃない

「ベビーカー論争」。今私の中で最もすっとんきょうなホット・ワードである。なぜなら元より論争になりえないテーマだからだ。まだこの本の半分にも至っていないのに「あ、こいつ、『ダメじゃないんじゃない⁉』とか言いながら、明らかにダメじゃないトピックしか取り上げない気だな。怠けやがって」と思われることを危惧しつつ、しかしどうしてなかなか、日常の中でこの批判にエンカウントする機会が頻繁にあるので驚く。

「ベビーカー論争」とは、

・赤ちゃんをベビーカーに乗せると、抱っこした場合よりもかさばる
・混雑した電車やバスは赤ちゃんにとって危険である

という課題を設定した上で、

・電車やバスの中では他の乗客に迷惑なのでベビーカーを畳むべき
・どうしてもベビーカーを広げたいなら、混雑する時間帯や場所を避けるなど配慮するべき
・そもそもどうしても赤ちゃんと移動したければタクシーを使うべき
・やむなくベビーカーを広げたまま電車やバスに乗ったり、狭い道を通ったりする場合は、「他人様《ひとさま》の迷惑になっている」という事実を胸に刻み、せめて申し訳なさそうに振る舞うべき

というソリューションを展開し、そのアドバイスに従わないベビーカーユーザーを、

・他人様の迷惑を顧みず、最優先されて当然のように振る舞っている!!!!!

とバッシングする動きである。(ちなみに今回は、聴覚過敏などの事情により狭い空間で赤ちゃんと同席することが難しい……というケースを含まずに話を進めさせてもらう。)

他人様の迷惑を顧みず、最優先されて当然のように振る舞っていると見做《みな》されたベビーカーユーザーは「ベビーカー様」と揶揄《やゆ》される。インターネットで検索すると、『ベビーカー様』になってない?」「こんな『ベビーカー様』は嫌われる!」「皆をモヤッとさせる『ベビーカー様』あるある」etc、etc。そして溢れ返る「電車で舌打ちされた」「バスでぶつかられた」「中傷する手紙を渡された」「子供の頭を叩《たた》かれた」という被害報告の数々、数々。

「論争」はヒートアップし、2019年7月下旬には都営地下鉄大江戸《おおえど》線の一部車両に「子育て応援スペース」が設けられることになった。8両編成の車両それぞれに作られたベビーカーや車いす利用者向けのフリースペースのうち、2両分を「子育て応援スペース」と明確化する取り組みである。ここだけは誰からも「ベビーカー様」と攻撃されずに済む安全地帯となる。

——せやかて工藤、実際ベビーカーっちゅうもんは、「ベビーカー様」くらいの扱いでちょうどええんとちゃうか?

大江戸線のニュースを見ていると、突然私の頭の中の服部平次《はっとりへいじ》が話しかけてきた。分かる。分かるで平次。（余談だが、平次は『名探偵コナン』コミックスの中で「せやかて工藤」とは一度も言っていないらしい。）

私は妊娠と出産を経験したことがないため、ベビーカーはせいぜい、友人と出かけたときに少し押させてもらった程度の経験しかない。そのほぼゼロと言っていい体験を思い返すと冷や汗が出てくる。思ったよりも子供が遠い。一番柔らかくて脆《もろ》いモノを先頭に進まなくてはならないし、ちょっとの段差で案外タイヤがグラグラする。想像していたより磐石《ばんじゃく》で軽快な装置ではなく、操縦（？）に気を遣う。

大阪の地下鉄、通称Ｏｓａｋａ Ｍｅｔｒｏのホームは狭い。人間二人がすれ違うので精一杯という通路もザラだ。ベビーカーを押している人にうっかりホームの外側を歩かせてしまって、万が一タイヤが「ぐにゃっ」となってしまったら……と思うと怖すぎて、ホームのみならず全ての道にレッドカーペット（赤ちゃんだけに）を敷いて回りたくなる。カーペットを何枚重ねても、常に赤ちゃんを抱えて移動する苦労を思うと重ね足りない気がする。山田君《やまだ》、絨毯《じゅうたん》３枚持ってきて。そら座布団やで工藤。

脳内の服部平次と談笑しているうちに、亡くなった祖母がある夏の日に手首を骨折したことを思い出した。その日、祖母はスーパーで買い物をしていた。夕飯のおかずに旬のアジを買って、エコバッグに詰め込み、出口を目指して振り返りながら一歩踏み出したときにバランスを崩したらしい。(あっ、ヤベっ……でもこれなら受身を取って転がれば、大事にはならないな……)とスローモーションで考えながら転ぼうとしていると、着地想定地点にベビーカーがいることに気づいた。焦った祖母は無理やり体を回転させ、ベビーカーを避けて変な角度で転倒し、手首の骨を折った。そのまままっすぐ病院へ行けばいいのに、「アジが腐る」という理由で一旦帰宅するも痛くて動けなくなり、叔母に整形外科へ連行されたのだった。心配し呆《あき》れ果てる家族に、祖母は「生魚と赤ちゃんより優先しなければならないものはない」と言い張っていた。

ところで「優先」という言葉には罠《わな》が潜んでいるのではないかと思う。特に、「優」の部分に。小学校6年生で習うこの漢字には、なんとなく良いイメージが付いて回る。やさしい、すぐれる、まさる。俳優、優等生、優良物件、株主優待券。成績だって優/良/可/不可で表す。「the most」と「the best」が入り混じり、架空の比較、架空の評価を勘ぐらせる。

つまり【優れた順番で先に行く】ではなく、【優れているから先に行く】とミスリードさせる罠があるような気がしてならない。誰が仕掛けた罠かというと、別に誰も仕掛けてないいんだけど。

もしかすると【優先する＝相手を自分よりも優れた存在として扱うことを強要されている】という実体のない不公平感が「ベビーカー『様』」という言葉を生み出したのかもしれない。「ベビーカーが自分よりも上に、自分がベビーカーよりも下に位置づけられている」という錯覚が、ファジーな尊厳からファジーな劣等感を引き起こさせ、不満を掻き立てているのかもしれない。

しかし骨折の話に戻るが、祖母が自分の手首より赤ちゃんの安全と魚の鮮度を優先したからといって、祖母より赤ちゃんの方が優れていることにはならない。祖母が魚よりも劣っているかどうかなんて検討するまでもない。アジはその夜、叔母によって塩焼きにされ食卓に並べられた。祖母は包帯を巻いた手を庇《かば》いながら完食した。

ちなみに「ベビーカー様」の類語は「妊婦様」である。（この二つが類語であることにそもそも文化の怠慢を感じるが、両者は頻繁に共演させられる。）

「妊婦」とは明らかに、「様」を1億回つけてもお釣りがくるレベルの一大事に直面している人間のことを指す。だって、無から生命が出現しようとしているのだ。それも人間の体の中などというよく分からない場所で。どうしたって少なくないリスクが予測される事態だし、体内に別の人間がいることで妊娠中の女性ご本人の精神にも負荷がかかる。人間が人間を新たに出現させるのは並大抵のことではない。

つまり必要に応じて、「妊婦様様様様様様様様様様様様様様様様様様様様様様様様様様様様様様様×∞」という表記でも表現しきれない程度には気遣われて然《しか》るべきなのではないか。妊娠しているのが自分の友人なら、四六時中周囲をぐるぐる回りながら、負荷のかかりそうなものを抹殺して回りたいくらいだ。そうすると今度は私の存在がストレス因子になるのは目に見えているので我慢している。

この「できる限り気遣いしたい」という気持ちは、ただ自分が安心したいという自己中心的な理由から発生しているのかもしれない。私はこの気持ちを大友克洋《おおともかつひろ》監督のアニメーション映画『ＡＫＩＲＡ』の有名な台詞《せりふ》をもじって「様をつけさせてくれデコ助野郎」と呼んでいる。

私の家の近くには幼稚園の送迎バスの停留ポイントがあり、毎朝５〜６組の親子がバスを待っている。歩道の幅は２ｍ程度。人間の幅が約50㎝だとすると、親子がびっちり3列に並んでいれば通行人一人はギリギリ通ることができる。しかし子供連れでびっちり3列に並び続けるなどということはまず不可能なので、ときどき道いっぱいに幼児が溢れている日がある。そんな日は一旦車道に出て通り過ぎ、また歩道に戻る。その間幼児は歩道に立ち続けているわけだが、優れた順番で歩道を使用したからといって、やはり私よりも幼児が優れていることにはならない。何より、自分を避けるために幼児が車道に飛び出して事故に遭う方が、圧倒的にイヤすぎる。大人の私なら右を見て、左を見て、手を挙げて車道に降りることができる。頼む、「他人様に迷惑をかけない」ために危ないことをしないでくれ……。様をつけさせてくれ……。これが「様をつけさせてくれデコ助野郎」である。

そんなわけでベビーカーが「ベビーカー様」なのはダメじゃないんじゃない、というか、これからも是が非でも「ベビーカー様」として扱わせてほしい。

＊

話は変わるが、日本人の友人がフランス人男性と結婚し、今、渡仏して子育てをしている。彼女は「日本に一時帰国した際に駅や路上でベビーカーを迷惑がられ、夫がショックを受けていた」と言っていた。確かにフランスで友人夫婦を訪ねたとき、レストランなどで知らない人がベビーカーにニコニコと対応するのを頻繁に見かけた。いいなあと思う反面、気になったこともある。パリの階段の多さである。ある日、メトロの14号線に乗ったときに私は違和感を感じた。1998年に新設された14号線はかなりバリアフリーが意識されている。ホームドアが設置され、京阪《けいはん》電車のように滑らかに走行し、ホームと乗降口の高さも限りなく同じになるように作られている。14号線に乗って初めて、パリ市内の他の場所では階段しかないところが多く、段差のない道でも道の中心が盛り上がり端へ行くほど斜めになっていたり、ボコボコと不揃いな石畳が敷かれていて、車輪全般にあまりフレンドリーではないということに気づいた。パリに長く住んでいる何人かの友人に聞いてみたところ、ベビーカーだけでなく車いすの人も、この街では暮らしづらいことが多いかもしれないねえ、とのことだった。

日本とフランスを比較してどちらが良いというのはかなり不毛だが、日本の都会にはエスカレーターやエレベーターや動く歩道が無数にある。整備されていない駅や施設ももちろんあるが、ディズニーランドのライド型お化け屋敷・ホーンテッドマンションに引けを取らないくらい、ほとんど歩かずにじっとしているだけで目的地に着くことができる場所も多い。駅でベビーカーを見かけるたび、あの赤ちゃんはまだお化けという概念はないだろうな……と思いながら、頭の中でアトラクションの台詞を再生する。ちょっとうろ覚えである。

――ホーンテッドマンションへようこそ。私はこの館の主、ゴーストホストである。フフフフフ。みんな一緒に付いてくるがいい。ベビーカー様も、どなた様も、皆様、皆々様！　足下には充分気をつけてな。

最近見かけたイケベビーカー
ラタン製
ロマンティックや…
機能美
ストレス因子になるの図
やりづらい…
ふつうにしてくれ
ハラハラ
オロオロ
オブアブ
ピーッ
友人
ササッ
でもやっぱりベビーを先頭に進むしかない
ハラハラ
丸腰の人
ベビーカーがベビーカー様なのはダメじゃないんじゃない
生魚とベビーカーより優先するものなし
カッ
アジ(旬)
祖母
優先
THE BEST
これは優勝
子供の頃から植えつけられし優のイメージ
空想上の「優」によってかき立てられしイメージ…?
現実

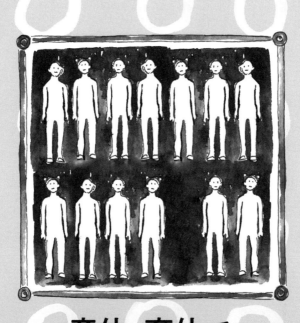

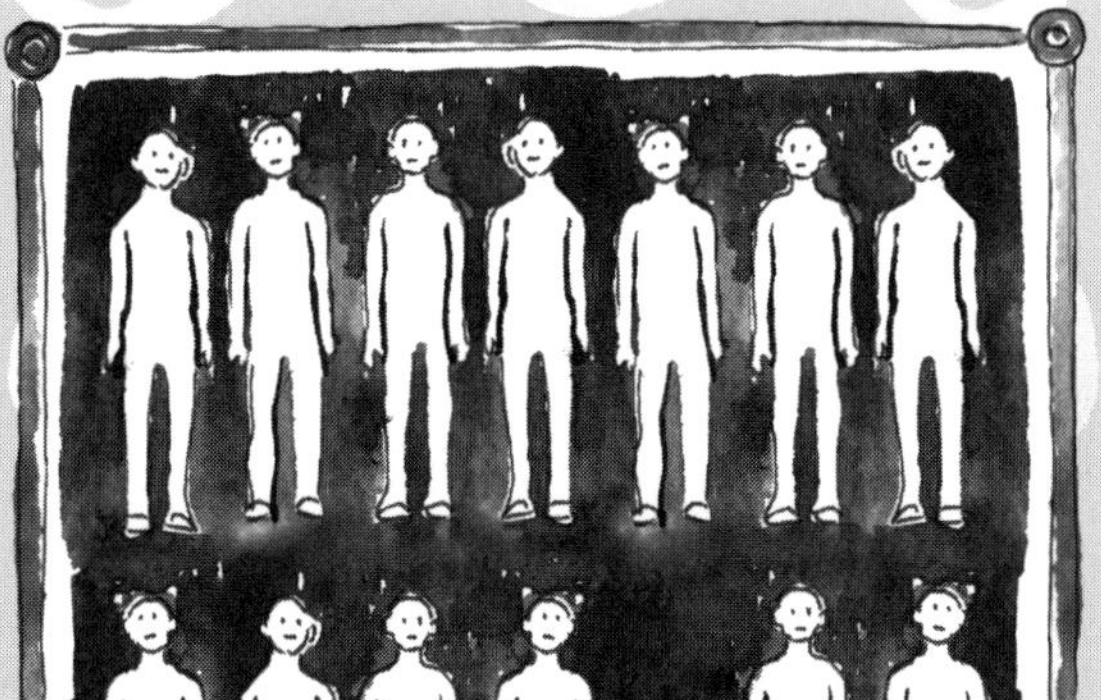

産休・育休で
仕事に「穴を開ける」のは
ダメじゃないんじゃない

オフィスにある私のデスクにはバキバキに折れた眼鏡が入っている。なぜバキバキに折れたかというと、私が蔓《つる》を激しく押したからだ。なぜ蔓を激しく押したかというと、キレたからだ。

私はここ10年ほど会社員として働いている。いくつかの会社に勤めたが、こんな私を雇ってくれるなんてとにかくありがたい限りである。だが、どんなにありがたいオフィスでも、ありがたくない出来事というものはときどき起きる。

——産前産後休業・育児休業からの時短勤務、そしてテレワークという、これまたありがたい体制の整った職場でのことだ。出産後、時短勤務とテレワークを組み合わせ、月に3回ほどオフィスへ出てくる以外はほとんど自宅で勤務している一人の女性社員がいた。ある日、女性社員が久しぶりに出社し、会議で、ある提案をした。オフィスにいるメンバー全員で行う作業についての改善案だった。

私たちの上司がすぐに反論した。

「いや、全然現実的じゃなくない？　●●さん、普段出社してきてないから分からないよね。分からないのに口出さないでもらえる？　作業するのは出てきてくれてる人たちなんだから」

「あ……すみません……」

女性社員は恐縮して口を閉ざし、何事もなかったかのように会議は続……かなかった。私が乱入したせいだ。

あの～ちょっと話戻していいですか？　異議があって……というか異議しかなくて……会社は●●さんの時短勤務とテレワークを認めているんですよね……。●●さんはその働き方によって給与も変わっていますよね……。勤務形態と給与体系に問題がないのであれば、ここにいる頻度が低いことが負債であるかのようなイメージを強調して、いたずらに萎縮させ遜《へりくだ》らせるのはいかがなものか。そして勤務形態と給与体系に問題があるのならそんなものがまかり通る前に覆すべきではないのか。架空の負債が膨らんでふと思ったことも口に出せない風土が出来上がれば、後に続く後輩もせっかくの制度を利用しづらくなり、ああ、この組織に所属しながらの出産はできないかもしれない……と感じ、最悪の場合辞めてしまうのではないか。それが最も組織にとって悪手ではないのか！　のか！！　のか！！！！！！！！

……という旨を今はちょっと盛って書いたが、実際にはこの100倍くらいグネグネモジモジしながらどうにか発言し、その間私の指は憤りともどかしさのやり場を求めて眼鏡をひたすらクイッとやり続けた。幸いにも上司が「申し訳ない、失言だった」と言ってくれたときには私の眼鏡はすっかりV字に反り返っていた。そのあと半日経ってV字の谷のところでぽっきり折れた。眼鏡よ、安らかに眠ってほしい。

思えばその女性社員はいつも申し訳なさそうにしていた。時短勤務で皆よりも早く帰る日には「すみません」と言い、出社の予定が変更になれば「すみません」と言い、不在の間に起きたことを聞いては「すみません」と言った。

なぜそんなに申し訳なさそうなのか、当時、呑気《のんき》な私はさっぱり分かっていなかった。何がどう申し訳ないのか理解できなかったのだ。しかしこの眼鏡事件によってようやく気づいた。

もしかして、この世には産前産後休業・育児休業にて「仕事に穴を開ける」ことを良く思わない風潮があるのではないか？

産前産後・育児中という状況に置かれていなくても、人は仕事を休む。

自分一人で雇用を生み出し、自分一人がいればそこが即《すなわ》ち仕事場で、自分一人で価値創造し、自分一人で案件を動かしている場合には、自分が休んでも誰も困らない。そうでなければ仕事はたいてい複数人で執り行う。現場では一人きりだったとしても、シフトを回したり、引き継ぎをしたりして負荷を分担する。

大事な商談の前夜、チームメンバーが急に思い立って真冬のベランダで家庭用プールを膨らませ、半裸になって徹夜で水遊びして、身体《からだ》を拭かず、髪も乾かさずにうたた寝したせいで風邪を引いて翌日欠勤したら、まあ、ムカつくだろう。今日商談なの分かってたよね!?　夜中に水遊び始めなくてもよくない!?　いや、別に水遊びは始めてもいいかもしれないけど、髪くらい乾かしてもよくない!?

仕事とは大変なものだ。いつも段取りが求められる。明日はこれをして、明後日《あさって》はこれをして、今週はこれを終わらせて……と計画していたものが突然自分以外の原因によって狂わされ、負担が増え、めちゃくちゃになってしまえば腹が立つ。そう、職場に開いた「穴」のしわ寄せをくらうと、腹が立つ。至極当然のことだ。問題は、「何に」腹が立つかだ。

ほとんどの人は寒空の下、ふざけて水遊びをしない。風呂上がりにうっかり濡《ぬ》れた髪のまま眠ってしまうことはあるだろうが、うっかりに起因するものも含めた不慮の体調不良は人間の肉体を持っていれば必ず起こりうる。にもかかわらず、世の中には不慮の体調不良による不在さえ批判する向きが確かにある。私がかつて働いていたブラック企業ではインフルエンザにかかった社員に「甘えるな!」と言って出社させ、客先へ向かわせていた。お客さんは食品メーカーだったのでさぞ来ないでほしかったと思う。

かくいう私も会社に電話をかける際には「すみません、今日休みます」と連絡する。この「すみません」は一体、何の「すみません」なのだろう。

考えられる理由を書いてみた。

①「身体に不調が起きてすみません」
②「身体の不調を回避するための努力を怠《おこた》ってすみません」
③「身体の不調をものともせず出社する気概がなくてすみません」
④「皆が働いているときに寝ていてすみません」
⑤「今日会議する予定で時間を空けてもらっていたのに無駄になってしまってすみま

せん」
⑥「今日終わるとお伝えしていた業務が終わらなくてすみません」
⑦「今日絶対に終わらせなければならない業務を誰かに肩代わりさせてすみません」

次に、これらの理由で「すみません」と言われたときに思い浮かぶことをそれぞれ書いてみた。

①肉体に起こる現象はコントロールできない。
②努力で全てのリスクを回避できれば病院は要らない。
③這《は》って来られても困る。怖い。
④作業中のデスクの上で寝転がられるとさすがに邪魔だが、そうでなければ目の前にいない人間が寝ていようが、踊っていようが、歌っていようがどうでもいい（温かくして寝てほしい）。
⑤仕事でなくてもかなり申し訳ない。謝った方がいいだろう。
⑥、⑦は組織の中で誰かと関わることによって発生する「すみません」だ。一緒に組

織活動をしているうちの一人が活動を中断するときに使われる「すみません」だ。

「組織」という言葉を眺めていると、かつて働いていたブラック企業（前述したインフルエンザに罹患《りかん》した社員に出社を強要した会社である）にて毎週土曜日に開催されていた勉強会のために、自腹で買わされた本があったことを思い出した。全然有効活用・減価償却できていなかったあの本たちを今こそ役立てよう。

ピーター・F・ドラッカー氏の『企業とは何か』には、「企業は社会的組織である。共通の目的に向けた一人ひとりの人間の活動を組織化するための道具である。」と書かれている。野田稔《のだみのる》氏の『組織論再入門』には、組織とは「協働のために、意図的に調整された、複数の人間からなる、行為のシステム」とある。ついでに、同じくドラッカー氏の『マネジメント基本と原則』には「仕事の生産性をあげ、働く者に成果をあげさせるために、なんらかの解決策を、あるいは少なくとも調整策を見出さなければならない。」とある。

もしこれらの言葉の通り、「組織」が人間の価値創造をいい感じにする道具だとすれば、「穴が開く」という現象はあり得ないのではないかという気がしてきた。だって構成メンバーが欠けたり変わったりするたびに形を変え、その時々の最大の力が発揮できるためのシステムが組織なのだ。⑥今日終わるとお伝えしていた業務が終わらなくても大丈夫なように調整できるシステム、⑦今日絶対に終わらせなければならない業務を肩代わりした人が、その業務が入ってきた分だけ、もともと持っていたものを手放せるシステムであるべきだ。

茶碗《ちゃわん》によそった白米をスプーンで丸くくり貫くと、穴が開く。白米に開いた穴は自動で塞がらない。一方、同じだけ盛りつけた粥《かゆ》をひと匙掬《さじすく》い取ると、粥はゆるやかに広がりのびて穴が埋まる。穴そのものに腹を立てる暇もなく。

＊

さて、無事「穴が開く方がどうかしている」ということが分かったところで、産前産後休業・育児休業である。

産前産後休業・育児休業がその他の休業に比べてことさらに槍玉にあげられるのは、その能動性、計画性、継続性、特定性によるものだと思われる。

多くの人が妊娠のための準備や、出産にかかる時間の長さを知っている。知っているから、【「●●さんだって」知っている「のに」、「知っておきながら」「わざと」「計画的に」「自分たちに」「迷惑をかけようとしている」】と悪《あ》しざまに変形できてしまう。

さらに、妊娠のためのポピュラーな手段であるセックスは完全に娯楽に分類されている。別にセックスが娯楽でも全く問題ないのだが、意図的に娯楽性を強調した「子作りセックス楽しんだせいでしょ?」という表現を許すと、「子供ができたら仕事を変則的に調整せざるを得ない」と「真冬に水遊びしたまま寝ると風邪を引いて欠勤せざるを得ない」が混同され、あたかも個の気の弛《ゆる》みによる過失であるかのような世界観が補強される。

しかも育児休業はともかく、産前産後休業は高確率で女性が取る。この時点で男性という妊娠・出産に関わったメンバーの半分が透明化し、残されたメンバーだけが矢面に立つことになる。

こうして、ホースの先が細いほど水の勢いが激しくなるように、「職場に開いた穴」が、目の前の人間だけと強く強く結びついていく。

とはいえ、そんなきれいごとを言っても意味がねえんだわ、実際問題きっついんだわ今、どうせウチの組織は改善しねえわ、文句くらい言わせてくれや、というご意見も尤《もっと》もだ。それに、経営者だって大変だ。目の前に開いた「穴」の色や形に喘《あえ》ぐ以外の術《すべ》を持たない、小さくか弱い我々は、ダイナミズムに頼るしかないのかもしれない。

２０２０年1月、小泉進次郎《こいずみしんじろう》・環境大臣が、パートナーの滝川《たきがわ》クリステル氏の出産に伴い、生後3ヶ月までの間に合計で2週間の育児休業を取得する考えを示した（後日、12日間分を実際に取得したと発表）。個人的に小泉氏を全面支持しているかどうかはともかくとして、支持していない人による「戻ってこなくて結構」「ずっと育休取っててください」というコメントを見かけるたびに、もしかして育児（活動による）休業は組織活動・社会活動の一部に含まれていないのか？　と不安になってくる。

この際なので勝手な希望を主張すると、小泉氏にはぜひさらなる育児（活動による）休業とともに、育児活動による時短勤務とテレワークも行っていただけるとたいへんありがたい。育児休業だとお見掛けする機会が物理的に減ってしまうが、時短勤務とテレワークだと毎日目につくため、継続的に啓蒙《けいもう》してもらえるからだ。ついでに、小泉氏の働き方には賛同したいがそれ以外のノイズが多い……という方のために、もっとサンプルが増えてくれるとますます喜ばしい。

確かに喜ばしいのだが、ダイナミズムに任せてぼんやりしているうちに人類が滅亡しませんように、と私は祈っている。子供は社会のためだけに生まれるのではないが、社会は子供が生まれなければ持続できない。滅亡したくなければ我々はどのみち、何らかの方法で増えていくしかない。それもサステナブルな方法で。

「子供ができたら大変なのは分かっていただろう！　分かってて作ったんだから自己責任で我慢しろ！」という主張が通るなら、「子供が減れば滅亡するのは分かっていただろう！　分かってて減らしたんだから自己責任で滅亡しろ！」というディストピア世界ができてしまう。はーい！　滅亡します！　と明るく言う必要がないように、はーい！　我慢します！　と明るく言う必要もまたないのだ。

＊

……と、そんなことを考えているうちに、大変な事態になってきた。これを書いているの2020年3月現在、新型コロナウイルス感染症が世界中で拡大している。報道を見ない日はなく、犠牲になった方も増え続けている。閉鎖した空間・近距離での会話のリスクが懸念され、テレワークが推奨され始めた。勤務形態を切り替える企業が続々出てくる一方、いつもと変わらず満員電車での通勤を求められる人の悲鳴も聞こえてくる。集団で物理的に手を動かしたり、物理的に多数の人間に会わなければ仕事にならない職種の人には、その場所へ行かない、その行為をしないというソリューションは無力だ。

著者の勤め先はこのところテレワークが続いている。電車通勤が多い部署のメンバーが重点的に対象となった。場所を選ばない業務内容のメンバーが出社しないことで、場所を選ぶ業務内容のメンバーのリスクも下げる作戦である。

世界的危機におけるイレギュラーな働き方と、平常時での産前産後休業・育児休業は全くの別物だ。比べ物にならないほど、平常時の方が余裕がある。人類全体が「減らない」ために出社しないことが望ましいのなら、人類全体が「増える」ため（だけではもちろんないが）に出社しないことだって喜ばしいはずである。人類最後の一人になってしまったら、誰にも仕事に「穴を開けて」すらもらえないのだから……。

すみません…
つっ
お先です〜
?
お気をつけて
こういうプール大人になった今欲しい
何で!!
産休・育休で仕事に「穴を開ける」のはダメじゃないんじゃない
すんません明日たぶん休むっス
たぶん風邪引くっス(嘘)
ハアハア
甘えずに行きます
ギャッ
寝てなよ
仕事に穴が
開いて…
開い…
?
しーーーん…
ダイナミズム待ちの地球

○○が嫌でも
○○を出て行かないのは
ダメじゃないんじゃない

最近、ツイッターが重い。アプリを起動するのに数十秒かかり、立ち上がっても5分に一度のペースで落ちる。おそらく、60000アカウントをミュートしているからだと思う。

ツイッターの「ミュート」とは、相手のツイートを自分には見えないように設定できる便利な機能である。相手からも自分のツイートが見えないように設定でき、さらにそれがはっきりと表示されてしまう「ブロック」機能に比べると、かなり穏やかだ。相手にネガティブな気づきを与えることもないので、「あ、この人ちょっと嫌な感じだな～」というレベルで使用してもお互いに何のデメリットも生じないありがたいものである。

そんなわけでどんどんミュートしている。対象となるのは、ほとんどがふと目にしたニュースなどに嫌な感じのリプライをつけている見知らぬアカウントだ。案外同じアカウントが何度もリプライしているのか、最近では「ミュートしているアカウントです」という注意書きだけがぶら下がっていることも増えた。

ここまで読んだ方はきっと私のことをアホだと思っているだろう。1アカウントにつき1秒としても、これまでの貴重な人生のうち16時間もミュートボタンを押す行為に費やしている。この記事を書くために確認したところ、アプリがアカウント情報を保持できずにバグり、「ミュートしているアカウント数：14」とかなり少なめにカウントされていた。悲しい。

アホには違いないのだが、私はこの「どんどんミュート活動」を結構真面目《まじめ》にやっている。「嫌な感じのリプライ」のトレンドが体感として分かる……ような気がするからだ。一度ミュートに設定するとそのアカウントは見えなくなるので、新規アカウントだけが表示される。それをさらにミュートにし、最新を更新していくことで鮮度の高いアカウントによる鮮度の高い「嫌な感じのリプライ」に触れられるという、画期的なライフハックだ！　と言える……たぶん。

そんな《体感的「嫌な感じのリプライ」興亡番付・2020年下半期（私調べ）》にこのところランクインし続けているのが、【そんなに○○が嫌なら○○から出て行け！】というフレーズだ。2019年末頃まで「嫌な感じのリプライ」界を席巻《せっけん》していた【対話を以《もっ》て自分を論破してみろ！】という議論（っぽいもの）の要求を抑え、2020年に入ってにわかに台頭してきた。

そう、最近、やたら出て行かされそうになる。

出て行かされる場所は「家」だったり、「町」だったり、「日本」だったり、「コミュニティ」だったり、「ジャンル」だったり、「文化」だったりと様々だが、とにかく出て行かされそうになる。家や町や日本やコミュニティやジャンルや文化に対して苦言のようなものを呈すと、「そんなに嫌なら（家や町や日本やコミュニティやジャンルや文化から）出て行け！」と言われてしまうのだ。

もちろん、この「出て行け」は今までも存在していた。2016年に「保育園落ちた日本死ね！！！」という匿名ブログが投稿されたときだって、「死ねと言うくらい日本が嫌なら、日本から出て行け」というコメントが散見された。2020年になって台頭してきたように見えるのは、多くの人がひとつの同じ事柄に関心を持つことが以前よりも増えたからかもしれない。「出て行くべき場所」がラーメンのスープの表面に浮かんだ油分を箸《はし》でつついたときのように互いに癒着し、ひとつの大きな塊のように可視化されたからかもしれない。

それにしても【そんなに○○が嫌なら○○から出て行け！】というのは、不思議なフレーズである。文章をでたらめに融合して作ったキメラのような、どうにも前半と後半がしっくり繋がっていないような、接続詞を間違えて入れてしまったような、ちぐはぐな凸凹《でこぼこ》を感じる。

ちぐはぐの原因を探るため、この一文を［○○が嫌］［そんなに〜なら］［○○から出て］［行け！］の四つに分解してみる。

［○○が嫌］は、○○に不満がある状態を指す。これはあとで触れることにして一旦置いておこう。

［そんなに〜なら］には、「嫌」の程度の大きさを非難するニュアンスが宿っている。多少の「嫌」なら看過してやるが、大きすぎる「嫌」は許さない。「嫌」レベルを制限することで、発言者が主導権を握っているかのように見せる効果がある。

［○○から出て］も、主導権が発言者にあると思わせる雰囲気作りに一役買っている。「嫌」と感じている側の○○にコミットする権利は奪われてよいということ、発言者の側に「権利を奪うという権利がある」ということが、しれっと前提に据えられている。

さらに「行け！」という語気の荒い命令形によって、全てがうやむやになる。

通常、不満を感じているAと、不満を感じていないBがいた場合、想定される解決策は少なくとも、

①A、Bが互いに努力しあい、共に不満を解消する（AとBは共に出て行かない）
②Aのみが努力して不満を解消する（AとBは共に出て行かない）
③Bのみが努力して不満を解消する（AとBは共に出て行かない）
④Aは不満を解消できる場所を求めて出て行き、Bは現状維持

の4パターン存在するはずなのに、【そんなに○○が嫌なら○○から出て行け！】というごく短い一文は、あたかも選択肢①②③が最初から存在しなかったかのようなムードを漂わせる。

＊

実は今、私は出て行こうかと真剣に考えている。日本をではない。住んでいるマンションをだ。人生で初めて近隣住民による騒音トラブルに遭遇し、何度か管理会社に

相談したのだが、どうにも収まる気配がない。管理会社は注意喚起の通達を掲示板に貼るのが精一杯、そもそも貼り紙で反省して静かになるくらいなら最初から騒がないだろう。万事休す、というわけで引っ越しを検討している。

検討している間も年中無休でうるさいので、先日、とうとうノイズキャンセリングヘッドホンを購入した。すごい。ものすごく静かだ。静かすぎて、装着するたびにヘッドホンのCMを気取って「ハッ」とした表情を浮かべるという小芝居を打ってしまう。しかし静かすぎて、ルームメイトと会話ができない。しかも割と高額だった。地味に手痛い。

「なんだ、ケチくさいな。どうせ引っ越すつもりだったんだろう。ヘッドホンを買う金を引っ越し代の足しにでもして、さっさと出て行けばよかったではないか」と思われるかもしれない。

しかし考えてもみてほしい。「出て行け」と言うのは超簡単だが、「出て行く」のは結構大変だ。

――まず、出て行ったあと腰を落ち着ける場所を決めなければならない。住むエリアの目星をつけたら、住宅情報サイトを夜な夜な徘徊《はいかい》して物件を探す。不動産屋に電話し、内見に出向く。これを数回繰り返す。

家が決まったら、引っ越し業者から相見積もりを取ったのち一社に絞り、契約する。次は荷造りだ。本棚のどの段にどの本が入っていたか覚えておかなければ復元できない。細々とした文房具や画材を今はペン立てに突っ込んでいるが、梱包《こんぽう》するとなると整理を余儀なくされる。コートを一着入れるだけで段ボール箱はいっぱいになる。資料をしまい込んでいる間は仕事もままならない。新居に到着しても引っ越しは終わらない。詰めたら詰めた分だけ出して戻す必要がある。

部屋は段ボールまみれ。新しい家から会社までのギリギリの通勤時間を計算してそれに慣れなければいけないし、遅刻しそうな朝には最寄りのタクシー乗り場を探し直さなければいけない。ゴミの日を間違える。帰り道のコンビニを失う。生活が一変する。

別に特別な内容ではない、普通の引っ越しだ。それも国内→国内の。自分で望んだ前向きな転居ならそこそこ楽しめるだろう。出て行くことそのものではなく、「出て行かざるを得ない」状況が問題なのだ。

数年住んだ町を「出て行かざるを得ない」だけでもこれほどぐったりするのだから、生まれ育った土地ならもっと負担が大きい。子供の頃よく遊んだ公園も、学校の帰りに寄り道したミスドも、15分離れた所に住んでいる友達も、全て置いて行かなければならない。祖父母の顔を見に頻繁に帰省することもできない。国を出れば文化も習慣も言葉も変わる。

一人の人間が土地やコミュニティに根差して暮らすということは、そこに関わりのフックを引っかけながら生き続けていくということだ。嫌な部分もあるが、愛着もある。気心の知れた人たちもいる。歴史もある。生活もある。

「出て行け」ということは、それらを全て「失え」ということだ。身体に根を張った半生をべりべりと引き剥がされ、皮膚が剥がれたまま、どこかへ行けということだ。「嫌」であることは、それほどまでに大罪なのだろうか?

例えば、とある小学校のクラスで亀を飼っているとする。

亀の世話は生き物係が引き受けると、4月の学級会で決められた。しかしいざ学校生活を始めてみると、案外他の係の仕事がない。亀は生きているので毎日世話しなければならない。そこで(ちょっとしんどいな〜)と思った生き物係の生徒が「仕事が偏っているのは良くないのでは？」と言うと、「係に選ばれたとき、何も言っていなかったではないか！」「そんなにクラスの仕事が嫌なら、出て行け！　隣のクラスへ編入しろ！」と大騒ぎになる。

そりゃあ隣のクラスへ編入することは物理的に不可能ではない。転校することだって、まあ、できる。かくして生き物係は大変な労力をかけて学校を去る。誰も世話をする人がいなくなり、亀は死ぬ。

……これでは亀が気の毒すぎるので、死ぬ前に時間を巻き戻そう。

差し当たり、新しい生き物係が選出される。生徒たちは世話をするシステムについて議論していないため、今までと同じ方法で良いと思っている。

新・生き物係になった者は休み時間や放課後、遊んでいるクラスメイトを横目で見ながら水槽を洗わなければならない。そこで「仕事が偏っているのは良くないのでは？」と言うと、「係に選ばれたとき、何も言っていなかったではないか！」「そんなにクラスの仕事が嫌なら、出て行け！　隣のクラスへ編入しろ！」と大騒ぎになる。かくして生き物係は大変な労力をかけて学校を去る。

また新しい生き物係が選ばれる。議論が進んでいないので同じ方法が取られる。前・生き物係の話を誰も聞かないものだから、自分が係に任命されるまで、大変さが分からないのだ。転校に次ぐ転校。

気づけば、ほぼ全員が学校を去り、残っているのは一人だけ。最後の生徒はどう世話をしていいか皆目見当のつかない亀を前に途方に暮れている。もちろん休み時間も放課後もない。正しい育て方が分からないので、亀はどんどん弱っていく。弱っていくので、授業中も付きっきりで亀を見守らなければならない。餌や病気のことを知っている歴代の生き物係たちはもういない。結局亀は死ぬ。

故郷を追われた元クラスメイトたちは、風の頼りに訃報《ふほう》を聞いて虚無感に襲われる。そして最後の生き物係は、亀の死骸《しがい》を抱いていつまでも立ち尽くすのであった。

—完—

うーん、書いていて最悪の気分になってしまった。亀を飼っている人、すみません。架空の小学校の話なので許してほしい。架空の小学校なので先生が登場しないのもついでに許してもらおう。

架空とはいえ私が最悪の気分になったのは、亀が死んだからである。このクラスでとにかく回避しなければならない大罪は、亀の死だ。生き物係のあり方に苦言を呈することではない。学校の使命は、サステナブルな亀の飼育なのだから。

もしも最初の生き物係が学校を去らなければ、世話のノウハウは共有され、亀は生き延びただろう。「仕事が偏っているのは良くないのでは？」という声を締め出さなければ、生き物係を班ごとにローテーションする新しいシステムが生まれただろう。分担が難しいようなら、生き物係の別の仕事を他のクラスメイトが肩代わりしてもいい。どんなアイデアが出ても「出て行け！」よりは建設的だ。


とはいえ、この建設的な議論は放っておけば勝手に成立する……なんてことはないのだろうな、と簡単に予想できる。

さっき「隣のクラスへ編入することは物理的に不可能ではない」と書いたばかりだが、転校も編入も、本当はやっぱり大変だ。結局出て行かない、出て行けない人がほとんどだ。そして「出て行け！」はどうせ出て行けないだろうという算段に基づいている。だって、「出て行け！」と議論をシャットアウトしたまま卒業まで逃げ切れば、亀も死なない上に、自分も負担をかけられずに済む。

【そんなに〇〇が嫌なら〇〇から出て行け！】とは、【どうせ出て行けないのだから、黙って現状の○○を維持しろ！】なのである。

この《亀と学園物語》がいい感じの結末を迎えるためには、壮大な展開が必要だ。ある日、偶然忘れ物を取りに戻ってきた生徒が、居残りしていた生き物係と交流するシーンから始めるのがいいだろうか。はたまた、内心では生き物係に賛同していた生徒たちがひょんなことからお互いの気持ちを知り、ＬＩＮＥグループを作るというストーリーがいいだろうか。何にせよ長くなりそうだ。長い物語を考えるには、ノイズのない、静かな環境が適している。今いる場所を出て行かなくても、高性能ヘッドホンやミュートボタンがきっと執筆を助けてくれるだろう。

〇〇が嫌でも
〇〇を出て行かない
ダメじゃないんじゃないんじゃない
のは
ただ引っ越す
あああ〜
だけでも大変…
オロオロ
飼い方が分からない
人類最後の生き物係
あ、穴が開いてる 嫌だなー
直しとくか？
ドーン
エーーッ
嫌なら出て行け
どんどんミュートにするの図
ポチ…ポチ…
クク…

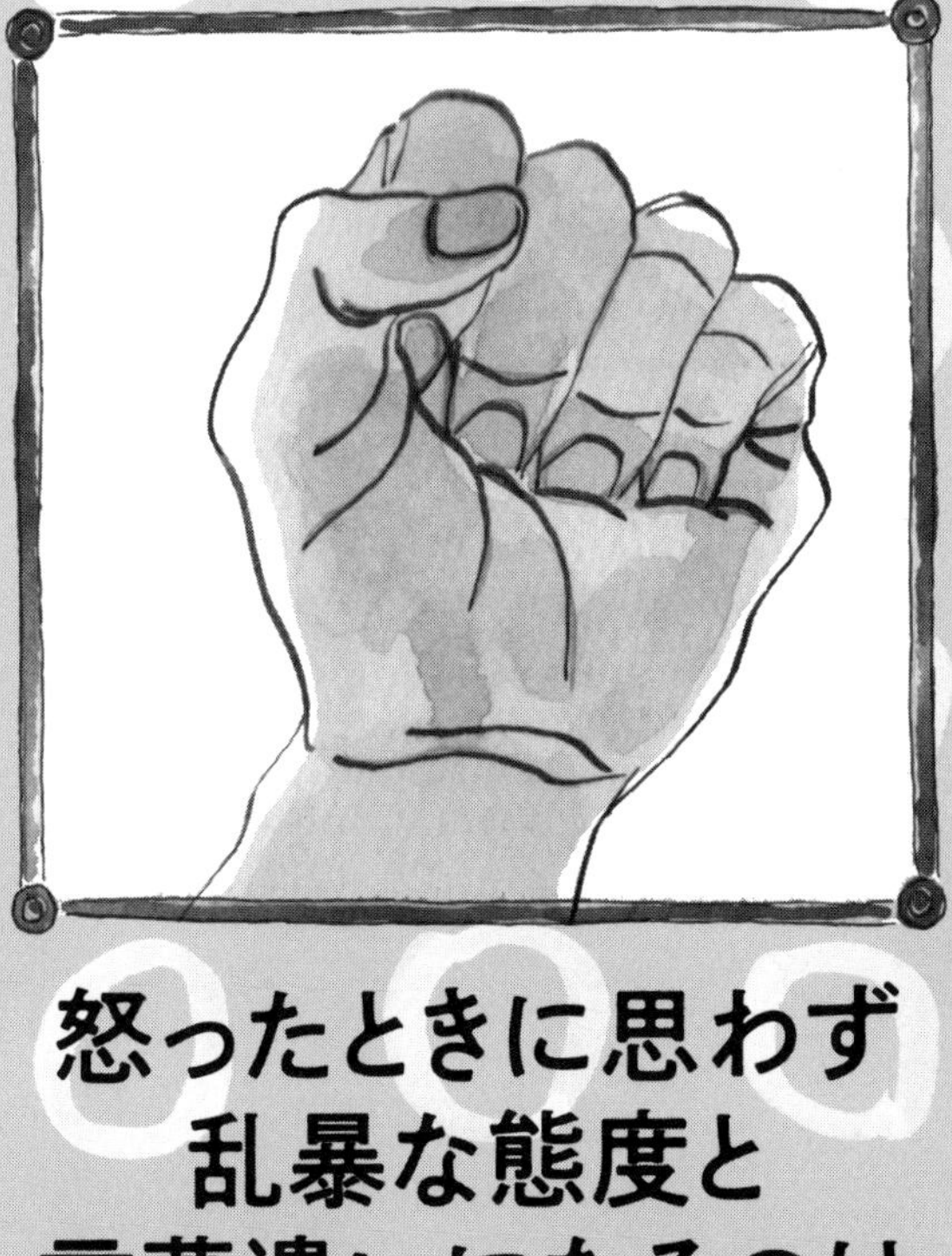

怒ったときに思わず
乱暴な態度と
言葉遣いになるのは
ダメじゃないんじゃない

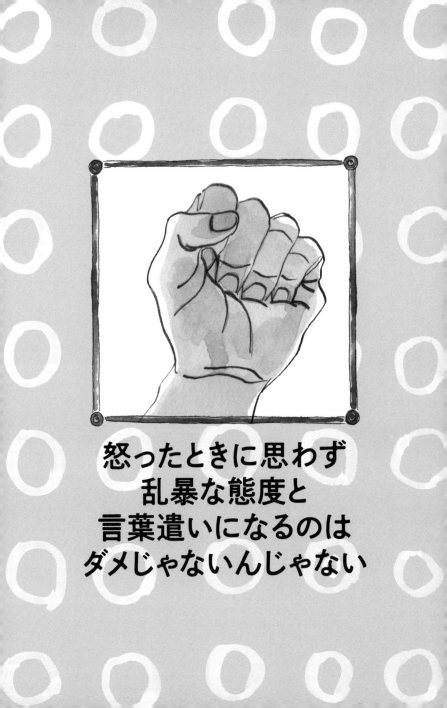

※乱暴な言葉遣いが出てきます。苦手な方はご注意ください。

「ダメじゃないんじゃない」と言いながら、冒頭からダメそうな感じで注意書きを入れてしまった。なぜなら乱暴な言葉遣いというものは、存在するだけで人を攻撃するからだ。

私はどちらかというと言葉遣いが乱暴である。「おい、パチこくなや（こら、適当な嘘をつくんじゃないぞ）」とか「ハシャいでんちゃうぞ（浮かれて調子に乗っている場合ではないぞ）」とか言ってしまう。一度ラジオに出させていただいたときなどは、喋《しゃべ》った言葉がそのまま電波に乗るのだと思うと冷や汗が出た。

そんな私とルームシェアをしている友人は、突然の怒号や罵声《ばせい》が大の苦手である。生活を共にしているとお互いにムカついたり喧嘩《けんか》したりすることは多々あるが、ちょっとムカついたからといって前述のように心のままに叫んでいては、たとえ相手が怒号や罵声が得意なタイプだったとしても人間関係が破綻《はたん》するだろう。

というわけで、最近はいきなりキレずに「『今キレそうになってますよ』と警告するフェーズ」を挟むことにしている。こう書くとほんのりと不機嫌を匂わせて相手をコントロールしようとしているやばいヤツだと思われそうだが、そうならないようになるべくマヌケなサインを採用した。即ち、中腰になって両手を体の横に広げ、拳を握りしめながら全身をプルプルと震わせる漫画的ジェスチャーである。相手がこの状態になっているのを見かけると、「はっ！　そういえばアレを出しっぱなしにしているの、今週に入ってからもう1000回目だったな」とか、「やべっ、今週は10000：0くらいの比率で家事をやってもらっていたな」と気づき、キレ本番を回避できるという寸法だ。キレの前夜祭のようで私もルームメイトも気に入っている。

「普通に口頭で指摘しろよ」というご意見もあるかもしれないが、「今週に入ってから7回目」とか「8：2の比率」程度ではこのフェーズには至らないため、悠長に構える段階はとうに過ぎている。関係を続けていきたいからこそ、穏やかでないときにも円満に怒りを伝え合う方法を模索しているのだ。

しかし、こんな風に「円満に……」と気を回していられない事態に直面することが、生きているとときどきある。それは普通に身の危険が迫っている場合だ。

引き続き言葉が乱暴で恐縮だが、のっぴきならない状況により伝え方や言葉遣いに気を回せなかった事例を紹介したい。

①「お前はいつまで経ってもそんなんやから、いつまで経ってもそんなんやねん！」
これは駅のホームにて、高齢の男性に後ろからおそらく故意にぶつかられ、「痛いな！　ボケ！　謝らんかい！」と絡まれたときの私の返答である。おそらく故意に、というのはホームにほとんど人がおらず、偶然や過失でぶつかるような要因が見当たらなかったため判断した。咄嗟《とっさ》のことで推敲《すいこう》できず前後で文言が被っているが、「言い返してこなそうな人を選んでわざとぶつかるような根性だから、成熟した年齢になっても言い返してこなそうな人間を選んでわざとぶつかることしかできないような人間のまま成長できないのだ。今すぐ自省し、そういった行為をやめろ」というメッセージを短くしたものだ。

②「お前、ナメとんのか？　ナメとったらどういうことになるか分かっとんのやろな？　覚悟の上やろな？　どういうことになるか言ってみろや！　オラ！」

これは朝の住宅街にて、高齢の男性に歩道に車を横付けされ「なあ……姉ちゃん……オメコしよや……」と声をかけられたときの私のリアクションである。「今、お前は、そういう声かけをされたときに私が感じるであろう不快感を全く無視し、自分の思い通りに私を行動させようとしたな？　行動を支配し、思考の自由と安全を脅かし、思い通りに行動させようとした……ということは、私に生きることを放棄させようとするも同然である。つまり、私という人間の魂を殺してもいいと宣言したようなものである。人の魂を抹殺してもいいと考えているからには、自身が同じことをされても後悔はないのだろうな。お前がしていることは、それくらい重大なことだと反省するべきだ」というメッセージを短くしたものだ。

③「何しとんねん、どつきまわすぞ！　このクソカスが！」

これは夜道にて、自転車に乗った中年男性に摑《つか》みかかられたときの私の反応である。こちらは特にメッセージはなく、言葉通りの意味だ。

それぞれシチュエーションは異なるが、３パターンとも普通に身の危険が迫っており、真剣にのっぴきならない状況だった。３パターンとも、相手が始めたアクションを中断させ、安全を確保するために発した言葉だ。

しかし、私の対応は眉を顰《ひそ》められた。①②は直後に会った知人に、③は通報を受け駆けつけてくれた警察の方によると「ちょっと言いすぎなのでは」「そんな言い方はよくないのでは」とのことだった（とはいえ警察の方はとても親身になってくれた）。

この「言いすぎ」「言い方がよくない」というのが、不思議なのである。

エレガントな言葉遣いでなかったことは確かだが、しかし——普通に身の危険が迫っているときに「この言い回しは失礼すぎるかな」などと気にする余裕があるだろうか？

＊

「苦情申し立てをする際に乱暴な態度や言葉を使うのはいかがなものか？」というように、主張そのものではなくその際の態度や言葉遣いを批判することは、トーン・ポリシングと呼ばれている。

苦情の内容も分かるけど、相手が誰であれそんな態度と言葉遣いはよくないのでは?

←そんな態度と言葉遣いをするなんて、人間性が知れちゃうな。

←あなたが怒っている相手と同レベルなのでは? どっちもどっちなのでは?

←そもそもそんな態度と言葉遣いをするような人間性だから、そんな目に遭ったんじゃないの?

←人間性に問題がある人の主張を果たして聞く必要があるかな?

←というか、聞いてあげたとしても、そんな態度と言葉遣いじゃよく分からないなあ。

……という論調で話がどんどんずれていき、なぜか最初の苦情は後回しになる。

ここには二つの課題が存在する(あるいは二つの課題が存在するかのように見せかけられている)。

（1）Aという行為をやめてほしい。Aという行為をされて嫌だ。Aにショックを受けている。

（2）Bという態度と言葉遣いをやめてほしい。Bという態度と言葉遣いが嫌だ。Bにショックを受けている。

（1）の主張をしているときに（2）を以て割って入り、後から被せて注意することは、（2）を優先して（1）を軽んじることになる。（2）をクリアしなければ（1）の話はできませ～ん、というわけだ。この「そもそも論」は、実は全く「そもそも」ではない。なぜなら（2）は（1）によって発生しているからだ。既に（1）が起きてしまっているなら、まずはとにかく（1）を解決しなければならない。

例えば、私は裁縫《さいほう》がとても苦手だ。家庭科の成績は10段階評価で【2】だった。それなのに一念発起してミシンを使おうとし、親指の爪にミシン針が刺さったことがある。自分の爪と一緒にミシン針が規則正しくダダ

ダダダダと上下するのを見て、私は思わず「ぎょえーーー!!」と叫んだ。「どひゃーーー!!」とか「おげーーー!!」とか「ばかーーー!!」とか「クソがーーー!!」とかだったかもしれない。痛いし、怖いし、ショックだし、動揺していたので覚えていない。

この場合、ミシンは何も悪くない。私が家庭科【2】なのにミシンを使おうとしたのが悪い。それでも「痛いのは分かるけどそんな下品な悲鳴を上げない方がいいよ」と言われても「確かに……」とは思わなかっただろう。「あの、ミシンさんが良かれと思って針を動かしてくれているのは分かってるんです。クソがなんて言ってすみません」と謝罪することもないだろう。そんなこと、考えている暇も余裕もない。(1)親指の爪にミシン針が刺さっている真っ最中に、(2)「ぎょえーーー!!」という物言いの善し悪しを検証しても、穴の開いた爪は絶対に元に戻らない。それより一刻も早くスイッチを切り、絆創膏《ばんそうこう》を貼ったり病院に行ったりすべきだ。ばい菌が入ったら化膿《かのう》するかもしれない。

「ミシン針が刺さる」という100%私の落ち度によって引き起こされた事態でもそうなのだから、「通りすがりに普通に身の危険を感じる」という100%落ち度のない事態ならなおさらだ。身の危険(A)によって態度と言葉遣い(B)が引き起こされているなら、まずはAを解決しなければならない。既に親指には針が刺さっているのだ。

ちなみに、態度と言葉遣いを言われた通りに変えればそれで終わりかというと、全くそうではない。「言い方に気をつけろ」の次には「エビデンスを持ってこい」「想像できるように上手く説明しろ」が続く。しつこくミシン針に喩《たと》えると、「本当に親指が痛いという証拠は?」「痛さが伝わってこない」という塩梅《あんばい》だ。

これらの要望に全て対応した本が1冊ある。韓国の作家、チョ・ナムジュ氏による小説『82年生まれ、キム・ジヨン』だ。言うまでもないが、韓国では130万部以上売れた大ベストセラーのフェミニズム小説で、2018年に筑摩《ちくま》書房から日本語版が刊行された。「ごく普通」の生活を送る33歳の専業主婦キム・ジヨンが、生まれてから進学し、就職し、結婚し、退職し、出産し、子育てをする中で社会構造によって抑圧され、精神科に通う……というストーリーだ。

『82年生まれ、キム・ジヨン』はすごい。小説の形を取っているが、数ページに一度の頻度で、あらゆるデータがさりげなく紛れ込んでいる。韓国現代史が一般家庭にどんな影響を与えたか、「男女差別禁止及び救済に関する法律」が制定されたのはいつか、産児制限政策による男女出生比率の推移、就職情報サイトが調査した女性採用比率、出産した女性勤労者の育児休暇取得率の推移、etc、etc、とにかく事実ベースの数字がちりばめられている。一般家庭の生活を盗撮して放送し、定刻になると自然な日常会話に見せかけて商品のCMを入れるテレビドラマをテーマにした映画『トゥルーマン・ショー』よりももっと自然に、数字が紹介される。

数字は細やかなストーリーの中に練り込まれている。キム・ジヨンがどんな半生を送ってきたか、痴漢に遭った子供時代に父親に何と言われたか、学生時代にどんな風に男子学生から品定めされたか、キム・ジヨンの母親が男児を産むために女児を堕胎したときいかに周囲が寄り添わなかったか、などが物語として語られる。さらに社会構造に乗っかっている夫や義両親の人生ものぞかせることで、「うんうん、みんな大変だよね。でもね……」と高い視座から事実を突きつけている。

ん？　この形式、どこかで……と私は思った。

もしかしてこれは、『もし高校野球の女子マネージャーがドラッカーの『マネジメント』を読んだら』（ダイヤモンド社）ではないか？

言うまでもないが、『もしドラ』とは2009年にブログをきっかけに刊行された、かわいらしいイラストが表紙のビジネス書である。ごく普通の高校2年生である川島みなみは思わぬことから野球部のマネージャーを務めることに。偶然出会ったピーター・F・ドラッカーの『マネジメント』にヒントを得ながら、部員のモチベーションや人間関係の確執など様々な課題を解決し、鳴かず飛ばずだったチームを甲子園へ連れて行く……というストーリーだ。

『もしドラ』はすごい。小説の形を取っているが、数ページに一度の頻度で、ドラッカーのマネジメントがそのまま紛れ込んでいる。ドラッカーは細やかなストーリーの中に練り込まれている。

なぜそんなことをするかというと、上手く説明するためだ。事実ベースの情報とストーリーを同時に提示することで、読者はエビデンスを正確に把握し、豊かに想像できる。

つまり、『82年生まれ、キム・ジヨン』は最大限に「言い方に気をつけろ」「エビデンスを持ってこい」「想像できるように上手く説明しろ」という要求を満たしているのだ。なぜそんなことをするかというと、とにかく親指に針が刺さっていることを伝えたいからだ。ちょっと爪に穴が開いて血が出るどころではない、巨大な針が。

それでも『82年生まれ、キム・ジヨン』の読書レビューには「ごく一部の女性に起きている、ごく一部の出来事を、全体であるかのように誇張しているだけ」というようなコメントがいくつもついている。「言い方に気をつけろ」「エビデンスを持ってこい」「想像できるように上手く説明しろ」をクリアしても、次は「それは事実ではない」が待っている。要するに、言い方に気をつけても意味がないので、言い方に気をつけなくてもいいということである。

（ついでに、ドラッカーと最も かけ離れている、ドラッカーを読んでいたら最も意外な存在として「引き」を演出するために「女子高校生」が選ばれた背景についても考えようと思ったが、今回はやめておこうと思う。「せっかくここまで聞いてやったのに、態度が悪い」と言われるかもしれないから。）

＊

さて、冒頭の事例が方言満載なのでお分かりかと思うが、私は関西で生まれ育った。おそらく関西の人間に「乱暴な態度と言葉遣い」について問えば、大多数の人が吉本新喜劇の鉄板ネタを思い浮かべることと思う。２０１９年に亡くなった山田《やまだ》スミ子《こ》氏から未知《みち》やすえ氏に受け継がれた、「温厚でかよわい女性が突然めちゃくちゃにキレる」という芸だ。ゴロツキに捕らえられ人質にされたやすえ氏が突然それまでのおっとりとした態度を豹変《ひょうへん》させ、「おどれら、何してけつかるねん」「ナメとったら頭スコーン割ってストローで脳ミソ吸うぞ」「南港《なんこう》に沈めたろか」と啖呵《たんか》を切る。ビビったゴロツキが逃げ出すと、やすえ氏はすぐに元のキャラクターに戻って「怖かったぁ～」と怯《おび》えた様子を見せる。それを見た共演者たちが「いやいや、怖いのはアンタやがな！」とツッコむ。

巻き起こる爆笑。

しかし、果たして怖いのは「アンタ」なのだろうか。やすえ氏の生まれ持った気質がどんなものでも、ゴロツキが彼女を拉致《らち》しようとしなければ、それが披露されることはなかったに違いない。

そして自分を守るためにエマージェンシーの中で発せられる態度と言葉は、本当に「怖い」のだろうか。「怖い」ことはみな一様にツッコまれ笑われることなのだろうか。むしろ恐怖と怒りを伝えて自分自身を守るため、これ以上ないほど「気をつけた」結果ではないだろうか。

思いがけず「苦情の内容も分かるけど、相手が誰であれそんな態度と言葉遣いはよくないのでは？」と言われたときのために、私は毎日、口の中でもごもごと練習している。

おどれら、何してけつかる。おどれら、何してけつかる……。

怒ったときに思わず乱暴な態度と言葉遣いになるのはダメじゃないんじゃない

「そういうもの
だと決まってる
からダメ」

「ハゲ」とか「デブ」とか
「ブス」とか「チビ」とかは
ダメとかダメじゃないとか
じゃないんじゃない

私の顔は谷に似ている。

友達の谷さんと瓜二つだとか、正中線に立派な滝が流れているとかではない。漢字の「谷」という字に顔立ちが似ているのだ。漫画には棒人間の首から上にそのキャラクターの名前を書くというデフォルメがあるが、私の場合は「はらだ」より「谷」と表示した方が分かりやすいくらいだ。私は自分の顔を結構気に入っている。自画像が5秒で描けて便利だからだ。


しかし、この「谷」が他人に激しく罵倒《ばとう》されるという出来事があった。

大学時代、私は学生劇団の大道具製作を手伝っていた。ある日、私たちは河川敷に集まって大工仕事をし、作業が一段落したのは午後8時頃だった。いつもなら免許を持っている劇団仲間に車で下宿まで送ってもらうのだが、その日は出来上がったばかりの大道具で後部座席がいっぱいになったため、私と友人はバスで帰ることにした。

深夜でもなく、車も多かった。河川敷へ降りる階段からほど近いバス停で友人と談笑していると、突然、スモークフィルムを貼ったワンボックスカーが私たちのすぐそばに停まった。おもむろにスライドドアが開く。車の中には、明らかに乗車定員をオーバーした若者の集団がぎゅうぎゅうに詰まっていた。どう見ても地元のヤンキーだ。おそらく泥酔しているか、ことによると薬物を使用している可能性もあるかもしれないというくらい、全員が異様にハイだった。私と友人は本能的に「やばい」と感じ、目を合わせずにじっと直立して、頭の中で「私は電柱、私は電柱」と唱えていた。若者たちはそんな私たちを交互に眺め、猛烈なハイテンションで言った。

「ブス！！！！！！！！！！！！！」

そしてドアを勢いよく閉め、走り去って行った。閉まり切る直前のドアの隙間からゲラゲラと笑う声が細く漏れ、道路に取り残されていた。

彼らは爆笑していたが、実際には少しも面白い話ではない。私と友人は偶然かつ幸運にも大事に至らなかっただけである。まもなく何事もなかったかのように到着したバスに乗り込み、友人は自分より先に降りた。一人になった私はたった今こうして普通に暗い窓ガラスを眺めていられることに安堵《あんど》し、脱力し、同時に心から驚いていた。

人はあれほど酩酊《めいてい》しているときでも、誰かを侮辱するために迷わず視覚情報を使うのだ。べろんべろんになってなお最後に侮辱の根拠として頼るのは、視覚情報だったのだ！

彼らとはもちろん初対面で、その後二度と会うことはなかった。よく知らない人でも、見た目についてなら罵倒することができる。逆に、よく知らない人を罵倒しようと思ったら、見た目くらいしか槍玉《やりだま》にあげられないのかもしれない。

＊

２０１７年に、自民党の豊田真由子《とよたまゆこ》議員が政策秘書の50代男性に暴行を加えたり、「このハゲ！」などの暴言を繰り返し浴びせたというニュースが話題になったのは記憶に新しい。テレビで繰り返し「このハゲ！」という大声が流されていて「うっ」という気分になった人も多いのではないだろうか。私は音声や再現ＶＴＲに出くわすたびに不思議に思っていた。「『この』ハゲ」という言い回しから察するに、おそらく「ハゲ」は罵倒のつもりで使われている。しかし、一体「ハゲ」は罵倒として用いることができる言葉なのだろうか？

「ハゲ」とか「ブス」、ついでに同じ文脈で使われがちな「デブ」。視覚情報を根拠とする侮辱はとても不思議だ。それが侮辱として成立するのかどうか顧みられる機会がいつの間にか失われている。

誰かを罵《ののし》るときには根拠となる確固たる事象があり、言う側・言われる側ともにその言葉にネガティブな意味があることを認識していなければならない。投げかけられる言葉は「この悪党！」とか、「この裏切者！」とか、「この恩知らず！」とか、「この役立たず！」とか、「この嘘つき！」などが適している。悪党も、裏切者も、恩知らずも、役立たずも、嘘つきも、その言葉自体にネガティブな要素が含まれている。「この紺色！」とか、「この曲線！」とか、「このモチモチ！」などは力不足である。なぜなら青いこと、曲がっていること、弾力があることを意味する言葉に、青いこと、曲がっていること、弾力があること以上の意味は含まれていないからだ。もしも紺色でなければ「は……？　何のこと……？」となるし、本当に紺色だったとしても「え、あ、はあ……まあ……そうだけど……何……？」となってしまう。それ以上にも以下にも、反応しようがない。

ということは「このハゲ！」「このブス！」「このデブ！」なんかも成立しないのではないだろうか。

「ハゲ」が頭部などに毛がなく地肌が露出しているというただの状態、「デブ」が体型がふくよかであるというただの状態を指しているとすれば、「この紺色！」「この曲線！」「このモチモチ！」と同じくらい、罵るにはあまりにニュートラルな言葉である。このニュートラルな言葉を罵倒に使うには、まずは「全人類が是とする毛量」「全人類が是とするボディライン」「顔立ち」を取り決める必要がある。それから、「全人類が是とする毛量よりも毛髪が少ないこと」「全人類が是とするボディラインから逸脱していること」が悪だというコンセンサスがなければならない。全人類でいっせいに運用するルールであれば、「毛髪が何本少ない」「ボディラインが●●cm以上オーバーしている」などの数値で示すことが望ましい。顔立ちについては数値で分類することが毛髪やボディラインよりもいっそう難しくなることが予測されるが、もちろん同じように「全人類が是とする顔立ちの方向性」および「その方向性から逸脱していることは悪か？」という議論を済ませなければならない（目や鼻のパーツの距離を測ればいいのだろうか？）。大変だ。大変だが、どうしても「このハゲ！」「このブス！」「このデブ！」と罵りたいのであれば仕方ない。

価値基準のコンセンサスを得ずに視覚情報に頼った罵倒を繰り出すと、スベる可能性がとても高い。相手に何のダメージも与えられないばかりか、全く誰もいない場所に向かってパンチを繰り出し、空振りしているところを笑われる可能性さえある。冨《と》樫《がし》義博《よしひろ》先生の『幽☆遊☆白書』でいえば、さしずめ蔵馬《くらま》vs.美食家《グルメ》・巻原定男《まきはらさだお》（正確には巻原を乗っ取った戸愚呂《とぐろ》兄）の戦いだ。蔵馬を仕留めたと思って喜ぶ巻原（戸愚呂兄）だが、実はその勝利は蔵馬が見せた幻影であり、巻原（戸愚呂兄）は真実に気づかないまま未来永劫《えいごう》、誰もいない空間で幻の蔵馬と戦い続ける……という恐ろしい話だ。私なら絶対に体験したくない。スベりたくないから。

しかし、あのワンボックスカーに乗っていた若者たちに「あなたグルメ巻原ですよ」「スベってますよ」と言っても意味がないことは私だって分かっている。スベっていると認識している人よりも、認識していない人の方が多い場所では、「このハゲ！」「このブス！」「このデブ！」は魔法の言葉のように取り扱われ、一度発信されると無条件にクリティカルヒットしたことになり、ダメージを与えたという既成事実が作られる。その言葉が事実かどうかは言われた本人ではなく、言った方がジャッジできるルールが敷かれ、そもそも事実だったら何かまずいことでもあるのか？　という最大の弱点はついぞ思い出されない。

そういえば、以前交際していた人にある日突然「チビでハゲでデブでブスでごめん」と言われたことがあった。その時は「チビ」「ハゲ」「デブ」「ブス」と「ごめん」がどうしても結びつかず、「何を言っているんだ?」と思ってしまったが、別にその人だけが必要以上に思い詰めているわけではない。私たちはこれらの言葉がまだまだ効果的な罵倒として流通している世界に生きていて、少なからず内面化しているのだ。

人間たるもの、他人の外見について言及してはいけません。たとえ褒めてるっぽい内容でもダメ、勝手に肯定するのもダメ、ましてや悪《あ》しざまに言うなんてもってのほか、かなり親しく付き合っている人に対してのみ、最大限慮《おもんぱか》ってようやく注意深く口に出せるかどうか……。「これはどうなの?」「どこまでならいいの?」「息苦しくない?」とか言ってる時点でアウトプットできる情報は何もない。口を噤《つぐ》むべし。以上。解散! ……といって全員解散できればよかった。

言うまでもないが、もちろん「今後一切外見を気にするのはやめろ! 化粧水をつけるな! 日焼け止めを塗るな! 化粧をするな! 芸能人を全員解雇しろ!」と言っているわけではない。外見に何らかの特徴のある人が、それを資本にすること自体は素敵なことだ。特徴の方向性によってできる表現やできない表現もあれば、大成したりしなかったりもするだろう。何も無理に全員の顔を褒めて回らなくたってよい。

例えば、私の50ｍ走のタイムは13秒台だ。きっと速く走ることが求められる職業には一生就けないだろう。私は走るスピードを自分の資本にできない。そして、「いや、そんなことはない。13秒は速い方ですよ！」とか、「速く走ることに何の価値もないよ」とか「足の遅いヤツは何をやってもダメ」とか言われる必要もない。「この鈍足！」となじられても、「え、あ、はあ……まあ……そうだけど……何……？」となる。速く走れる人は速さを活かせばいいし、速く走る必要のない人は速く走る素質がないことにがっかりしなくてもいいことが分かっているからだ。

また例えば、私の手はとてもぼこぼこしている。ペンだこによって右手の中指の内側がふくれ、爪と骨が外側に向かって押されているのだ。マニキュアを塗ると、右手中指の爪だけが平行四辺形になっているのがよく分かる。ときどき「うわっ、手きたなっ！」と言われることがあるが、こちらも「え、あ、はあ……まあ……そうだけど……何……？」となるのみである。ペンだこは何度もデッサンをするうちにできたものであり、「指を『きれいに』してあげよう……そのかわり今まで練習してきた経験はリセットね」と言われたら絶対断ると思う。これからも精進してペンだこを育てていく予定である。

こんな風に、価値基準がかみ合わないと罵倒しあうことはできない。スポーツ選手と画家は傷つけあうことができないし、手の造形こそ至高と思っている人と絵の上手さこそ至高と考えている人はお互いを殴れない（ちなみに今は「自分では気にしていないのに、思いがけず自分の外見や性質をジャッジされて困惑する」場合についてのみ書いている。速く走りたくて努力している人を「鈍足！」と笑ったり、絵をたくさん描いたというような呑気《のんき》なものではない事情で外見や性質に特徴が現れている人に軽率な言葉をかけたりすることについては、もはや問題外なのでここでは取り上げない）。

それなのに、なぜ外見についてのジャッジはこの世の全ての人間に等しく刺さることになっているのだろう。

たぶん、「絵を描く」ことや「走る」ことよりも、「見る」ことの方が日常生活の中で執り行われる頻度が高いからではないか……と私は考えている。ルッキズムはその名の通りルックする行為から生まれる。健康な視力を持っている人は生きて目を開けていれば、まあ、見える。世界が見えるし、他人の姿形が見える。この「見る」は、外見に何らかの特徴を持ち、それを資本にしている人をお金を払って「見る」ときと全く同じ生活舞台の上、全く同じ動作で行われる。だから目の前に立っているよく知らない人までもが外見を資本にした上で自分に見せてくれている、自分はそれをジャッジできる、と思い込むのかもしれない。あるいは、自分も視覚的にジャッジされなければならないと思うのかもしれない。そして「チビ」「ハゲ」「デブ」「ブス」が絶対的な攻撃力を持つ真理の言葉だと、思うのかもしれない。

言葉はもともと人間が考えたものである（宇宙人が授けてくれたのでなければ）。勝手に力を与えられたことになっている言葉が私たちを縛ろうとしているが、勝手に力を与えることができるなら、勝手に無効化することもできるのではないか。「見る」という簡単っぽい行為が「チビ」「ハゲ」「デブ」「ブス」という最強っぽい言葉を強化しているのであれば、それを無効化する言葉を定義し、自分の容姿を表す新しい表現を模索してみるのはどうだろう。

私はせっかく顔が「谷」に似ているので、こんなシリーズを考えてみた。

谷　私
容　ベレー帽を被った私
溶　ベレー帽を被って焦る私
𤞣　ドライヤーが面倒くさい私
𧮫　身体測定する私
谼　イーゼルと私
𧮸　組み立て式シェルフの棚板の数を間違えて購入し、困っている私
𧮯　逆上がり補助器を使って鉄棒を楽しむ私
𧽘　運動公園で巨大滑り台を楽しむ私
䜪　書店で欲しい本が見つからない私
㝐　変な帽子にハマっている老後の私

全く誰もいない場所に向かって「チビ」「ハゲ」「デブ」「ブス」のパンチを繰り出し、空振りしている人をこの「谷」たちが取り囲み笑っているところを想像してみる。どんどん増殖し、空間を埋めつくす「谷」。やがて「谷」さえもゲシュタルト崩壊し、

「ハ」と「ノ」と「へ」と「ロ」の集合体に見えてくる頃には、全ての侮辱が効力を失っているといい。

「ハゲ」とか「デブ」とか
「ブス」とか「チビ」とかは
ダとかメ
ダメじゃないとか
じゃないんじゃない
ぼんやりとした視覚情報
二のモチモチ！
え…
照
フワフワ！
やっぱりそう思う？
緊急！全世界
生放送
是とするもの会議
えーではまず是とするボディラインから…
ムムッ
5cmオーバーしてます
でも4cmまではOK！
無
スカッ
スカッ
ブス！
LOOK
へーまあまあいいじゃん
外見を資本にしていない人
外見を資本にしている人
LOOK = 何を言ってもOKと思っているの図

ヌードを芸術として
受け入れられないのは
ダメじゃないんじゃない

人生の中で一番古い美術館の記憶は、小学校の校外学習だ。学校から10分ほど歩いたところに博物館とも美術館ともつかない小さな施設があり、近いという理由でときどき遠足の行き先になっていた。

確か3年生の春だったはずで、確か小磯良平《こいそりょうへい》の企画展だったはずだ。そんな数十年前のおぼろげな思い出の中、確かにはっきりと覚えていることが二つある。

一つ目は、展示室の壁に、裸婦をモチーフにした作品がいくつか並んでいたこと。そして二つ目は、「うわっ！　何やこれ！　こんなエッチな絵、子供の見るもんちゃうで～！」という叫びである。

この叫びは展示室へ足を踏み入れた瞬間、同級生の男子生徒・A君によって発せられた。それまでは一応大人しく整列していたが、A君は普段からいちびりなヤツだった。「いちびり」とは「調子に乗りイキっているお調子者」という意味の関西弁である。

他にもちらほらといた入場客がいっせいにA君に注目し、すぐに苦笑しながら視線を逸《そ》らす。列の後ろの方から、気の毒な引率の先生が飛んできて宥《なだ》めた。

「A君、これは芸術だから、ええんよ。静かに観よな」

A君は注意されてますます面白がりゲラゲラと笑い続け、私はその様子を見ながら「A君、ホンマいちびりやな〜」と思っていた。つまり、先生の「芸術だからええんよ」に概《おおむ》ね同意していた。

前後の言動から察するに、おそらくA君は「日本の近代美術における小磯良平の功罪」などに思いを馳《は》せてウケていたわけではない。そして私の方でも、「ヌードは世間一般的にはタブーであるが、芸術というジャンルにおいてはその限りではない。ヌード作品におけるモデルは圧倒的に女性が多いが、それは美を表現する上では当然のことである。当然とされる理由は女性の肉体には凹凸があり描きごたえがあるから、女性が神秘的な存在であるから、など様々な説がある……」と一見ミーシーに説明できているようでその実全く何の説明にもなっていないエクスキューズを言語化した上でA君を「芸術を理解しない者」と見做《みな》していたわけではない。

私たちはヌードというだけで「本当にエッチかどうか」検討することをやめ、そして芸術というだけで「本当にタブーかどうか」を検討することをやめ、「そもそもエッチとは何か、タブーとは何か」を検討することをやめたのだった。そして先生の注意は私の思考停止の方をより強く肯定した。

そう、これは芸術だから、ええんよ……。

先生もそう仰《おっしゃ》っている。芸術だからエッチではないし、たとえエッチだったとしても芸術だからタブーではないのだ！

遠足から十数年後、私は青年になり関西の芸術大学へと進学した。不真面目《ふまじめ》な学生なりに、子供時代よりも芸術と名の付くものに触れる機会が増えてみると「芸術だから、ええんよ」は案外世の中に溢れていることに気づいた。

そのバリエーションを、独断と偏見により、勝手に三つに分類してみよう。

①芸術（とは意味不明であることを良しとするもの）だから、（世間一般のルールに違反していても）いい。

一つ目は、芸術を理解しようとする行為をサゲるパターン。意味不明なものなのだから、分からなくても、筋が通っていなくても、禁忌を犯していても不思議がる必要はない。芸術をアカデミックに学んだり、真面目に批評したりすることを嫌い、意味不明なままで楽しむ意図で逆張り的にゲージュツ（ゲージツ）と呼ぶ行為もこのパターンに含む。

②芸術（とは最初から「ちゃんとしていない」もの）だから、（世間一般のルールに違反していても）いい。

こちらは①と似ているが、芸術そのものをサゲるパターンである。「芸術なんてろくでもない」「芸術に何期待してんのw」という好意的な自嘲《じちょう》を伴う。ろくでもないもの、アウトローなもの、エグみのあるもの、理性的でないものをより真理に近いものと見做し、サゲながらアゲてもいる。飲みの席で多く見られる。

③芸術（とは世界の真理を追求するもの）だから、（世間一般のルールに違反していても）いい。

最後は芸術をアゲるパターン。エグいものこそが真理に近いという②と異なるのは、芸術の本質である真理の追求の前には多少のルール違反は仕方ないと捉《とら》え、一般的なタブーを矮小化《わいしょうか》している点だ。三つの中で一番、芸術の聖域を広く取っている。ただし触れるタブーの種類によっては「こんなものが芸術か!?」とタブーを犯した側を見捨てる展開に転じることもある。

……かなり偏った経験則に基づいて分類してしまった。

A君に注意した小学校の先生は、今思えばきっと③のつもりだったのだろう。瞬時に子供を落ち着かせなければならない先生の苦労が偲《しの》ばれる。

言うまでもなく、芸術をどう解釈するかは個人の自由に決まっている。しかし子供たちを引率する仕事に就いていなくても、誰かの解釈を、別の誰かに強要してしまうことがときどきある。

＊

2020年12月、学校法人瓜生山学園《うりゅうやま》に約35万円の支払いが命じられた。2018年に京都造形芸術大学（当時／現在は京都芸術大学）で開かれた会田誠《あいだまこと》氏の公開講座において、わいせつ性・性暴力性のある作品を見せられて精神的苦痛を負ったとして、受講者の女性が慰謝料など約333万円を求めた訴訟の顚末《てんまつ》だ。「学校側には講義内容を事前に告知する義務があったのに怠《おこた》った」と判断され、判決が確定した。

会田誠氏が著名な現代美術家であることや、彼の著名な作品の多くがいわゆる「若い（幼い）女性」がいわゆる「エロい」「グロい」状態にある表象であることは広く知られている。だから講座で〈涙を流した少女がレイプされた絵や、全裸の女性が排泄《はいせつ》している絵、四肢を切断された女性が犬の格好をしている絵などをスクリーンに映出〉し、〈「デッサンに来たモデルをズリネタにした」と笑いをと〉った（「弁護士ドットコム」2019年2月27日の記事より引用）会田氏に対して受講者の女性が抗議したことに、SNSでは反射的な不満が寄せられた。要するに、「会田誠氏なんだからそりゃそうなるだろう」ということらしい。

〈会田誠氏の〉芸術（はルール違反を用いて世界の真理を追求するものなん）だから、〈世間一般のルールに違反していても〉いい（し、むしろそのルール違反によって精神的苦痛を受けるのは野暮《やぼ》なことである）。

前述の三つのパターンに無理やり当てはめるとすれば、受講者の女性への不満は②と③を拠《よ》り所に据えていた。

――芸術だからエッチでもグロテスクでもいいはずなのに、苦情を寄せるとはどういうことだ!?

この「芸術だから、いい」というエクスキューズについて、私は案外、悪くないと思っている。

ただし条件がある。

例えばこの本のタイトルは『ダメじゃないんじゃないんじゃない』だが、ダメじゃないんじゃない？　と問いかけるためには、まず世間的に「ダメなことになっている」前提が必要になる。その「ダメなことになっている」前提がなぜダメなのかを問いかけるスペキュレイティブな投げかけの中でのみ、世間的にダメな表現が（なぜダメなのかを推しはかるためだけに）可能になる。タブーがなぜタブーなのかという思索を深めるためだけに、タブーを模すことは有効な場合もある。

だから私が驚いたのは、会田誠氏の作品の是非や講座の内容そのものではなく、2

019年2月22日付の提訴に対して会田氏がツイッターで「寝耳に水だった」と【驚き、ショックを受けた】ことだ。

件《くだん》の講座の目標は「ヌードを通して、芸術作品の見方を身につける」だった。「寝耳に水」ということは、ヌードの話をしてセクハラだと指摘される可能性を想定していなかったということである。私はこの投稿にこそ、超びっくりしてしまったのだ。なぜなら、それまで会田誠氏を「若い（幼い）女性のヌードなどをモチーフに、タブーとは何かを浮き彫りにする現代芸術家」だと思っていたからだ。

表象がどれだけ「エロ」かろうが「グロ」かろうがそれは「このタブーらしきものは、なぜタブーなのか？」を問うきっかけにすぎない。芸術（が問いかけの役割を果たす場合、表象は既存の価値観を揺るがす引き金の役割を果たしているだけ）だから、（鑑賞者の心の動きを真摯《しんし》に想定しているなら）いい（と言わざるを得ない）。そう解釈していたのだ。

私がもしも会田誠氏だったなら、提訴に対して次のように言うだろう。

「そう、セクハラなんですよ。これはセクハラなのです。なぜならモチーフと同じ属性の肉体を持ち、モチーフと同質のものだと見做される可能性のあるこの女性が、セクハラと感じたからです。この女性の前でこの機会をチャンスと呼ぶことはあまりに無神経ですが、しかしながら、やはりこれはタブーへの理解を深めるチャンスです。フラットな目で見ればセクハラたりうる話題が、なぜ芸術の文脈に乗った場合にのみ、冷静にまな板の上で調理できるものと見做されるのか⁉　そもそもなぜヌードはタブーなのか⁉」

そしてそんな風に発言したら、おそらく「生きている生身の人間を苦しめる以外に、その問いかけを投げる方法はなかったのか？」と糾弾されるだろう。その糾弾に応える形で再び発表を続けなければならないだろう。

芸術は道徳的である必要は全くないが、最後まで付き合い続けなければならない。そうでなければ、「思い至ってない」ことそのものが「えっ！　そこ考えないでそれやってんの⁉　じゃあ何のためにそれやってんの？」と積み上げられた価値らしきものの足場を崩し、その作品の意味が一切ないことを証明してしまう。「タブーらしきもの」を扱うとはそういうことだ。

＊

それでは、作者が最後まで付き合うつもりなら、鑑賞者はどんなアプローチでも、どんな意図でも、生理的嫌悪を感じるものでも、芸術として受け入れているという態度を示さなければならないのだろうか。どんなヌード表現でも、ステートメントがあれば「芸術だから、いい」と思わなければならないのだろうか。

答えは「もちろん受け入れなくてよい」である。

なぜなら、ヌードは現実世界の我々の身体《からだ》でもあるからだ。身体は芸術にモチーフを貸している。身体の形はイメージの中で共有されている。そしてその身体の持ち主の多くが、最初に書いたように女性である。生きている女性は、芸術が借りているモチーフと同じ（または似たような）形状の身体で、毎日を過ごさなければならない。

小学校の同級生のA君のように、生活の中にある身体と性的なシーンの中にある身体を混同している人がいる。京都造形芸術大学への提訴に不満を述べていた人々のように、芸術の「見逃され方」を普遍的に使える免罪符と混同している人がいる。そのようなシチュエーションで反射的に危険を感じることや、危険を感じることで不快感を感じることは回避できないし、回避する必要もない。そしてこの危機感こそが、ヌードがタブー視される数多くの理由のうちのひとつに他ならない。この危機感を取るに足らないものとして扱おうとした時点で、ヌードを用いた芸術は破綻《はたん》していると言える。

　と言いつつ、この破綻は、実は無視しようと思えば結構乗り切れてしまう。

　最初に無理やり三つに分類した、

①芸術（とは意味不明であることを良しとするもの）だから、（世間一般のルールに違反していても）いい。

②芸術（とは最初から「ちゃんとしていない」もの）だから、（世間一般のルールに違反していても）いい。

を用いれば、いくらでも躱《かわ》せてしまう。

　しかし、まあ、いいのだ。

　現代の「現代アート」とは、世界のあり方に対する人間の反射を描き留め、その連続で歴史を作っていく行為の集合体である。この概念だってアカデミアと批評が有効な範囲でしか通用しない。範囲の外へ出れば、もう本当に、何を芸術と呼び、何を芸術の名のもとに免責しようと、誰にも止められない。

　そしてそれらを受け入れず、視界に入れないように目を閉じる努力をせず、提示されるたびに抗議して無効化することだって、誰にも止められないのだ。

芸術（を芸術）だから（という理由で受け入れ、自分の不快感や不安全をそれよりも些末《さまつ》なものとして扱わなくても）、いい。美術館で叫んでいるA君と小学生の私を見かけたら、こっそり耳打ちして立ち去ろうと計画している。

芸術だからええんよ 三大謎理論　＼サイコー／

①芸術＝意味不明だからOK　②芸術＝ちゃんとしてないからOK　③芸術＝真理だからOK

ヌードを芸術として受け入れられないのはダメじゃないんじゃない

家と家庭をとにかく
第一に考えない生活は
ダメじゃないんじゃない

ある日突然、とんでもない事実に気づいてしまった。

家事、したくなさすぎる。

ああ〜最悪だ。気づかなければよかった。自分が「全然やりたくないことをイヤイヤやっている」と自覚してしまった。「掃除をするとすっきりする」とか、「食べたいものを食べたいように作るのが好き」とか、「洗濯には一家言《いっかげん》ある」という素敵な知人が多いせいで、私もそうなのでは!? と期待を込めて信じていたのに、全然そうじゃないことが分かってしまった。どうりで、ありったけのポジティブな気持ちをかき集めて取り組んでも楽しくないはずである。向いてなかったのだ。

気づいたからには自分への期待を捨て、なるべく家事をしない生活を送りたいところだが、ひとつ問題がある。私はルームシェアをしているのだ。一人暮らしなら気ままに散らかせるかもしれないが、共同生活である。家事は完全分担制。そしてルームメイトも、「実は全然、家事したくね～」ということに気づいてしまっている。

そんな二人がめいめい忙しい日々を送っているとどうなるかというと、この全くやりたくない家事の負担に、偏りが発生する。ルームメイトの帰宅が遅くなれば私が、私が修羅場を迎えればルームメイトが、お互いの分担している家事を黙ってカバーする。

こう書くととても美しく心洗われるエピソードのようだが、実は全くいい話ではない。相手が自分の担当である家事を2、3日続けて処理してくれると、体が「楽だ！」と喜び始める。もちろん、やってもらっていることは薄々気づいている。修羅場を迎えていた仕事は、昨日よりはマシな状態だ。挽回《ばんかい》するなら今日しかない。むしろ今日こそ、相手の分まで率先してやるべきだ。さあ、名乗り出るのだ！　今だ！「最近めっちゃやってもらってるし、今日は私が全部やるわ」と言え、言うのだ！　しかし、そう、家事をやってもらうと、とても楽なのである。

……いや、あと1日いけるか……？

邪念が一瞬頭をよぎり、すぐに思い直す。いやいや、それはさすがに、人としてあかんやろ。クズの発想でしょ。慌てて叫ぶ。「最近めっちゃやってもらってるし、今日は私が全部やるわ！」。叫んだのち、冷や汗を拭う。あっぶな〜。もうちょっとで、今日は本当は自分で家事をできるにもかかわらず、できない感じを醸し出して相手にやってもらってしまうところだった。

もう一歩、あと少し、背中を押すものがあれば、大義名分があれば、押し付けてしまっていたかもしれない。そして私が他に類を見ないほどの「日本一のクズ」というわけでなければ、こういうことは多かれ少なかれ、皆さんの生活の中でも起きているのではないだろうか。

なにしろ背中を押してくれる大義名分はたくさんある。

例えば、ものすごく仲がいいこと。いつも思いやりをもって接してくれるパートナーに、つい「今回もいつもの優しさを発揮して、やってくれればいいのに……」なんて期待してしまうことは、文字で見ると最低最悪だが、案外自分でコントロールしがたかったりする。

例えば、ものすごく疲れていること。自分とパートナーのHP《ヒット・ポイント》ゲージの残量に差があるように見えると、「なぜヨレヨレの自分がやらないといけないんだ？　元気な人がやってくれればいいのに……」と不満が募る。元気そうなパートナーが、実はついさっき這々《ほうほう》の体でポーションを手に入れて回復したばかりだったとしても。

例えば、役割分担に尤《もつと》もらしさを感じきっていること。専業主婦（夫）なのだから、無職だから、家にいる時間が長いから、収入が少ないから、家事をやるべき性別なのだから、全部やって然《しか》るべきだ！　という画一的な「痛み分けっぽさ」は心地よい。負担の体感的大きさを全く考慮しなくても、一度決めた分担を全く見直さなくても、罪悪感を感じずに済む。

そして例えば、家族であること。

最も温かい隠れ蓑《みの》に守られながら、心地よく背中を押されることができるエクスキューズは、「家族なんだから」かもしれない。家族なんだから助け合おう。家族にくらい頼らせてくれ。何ならちょっとほっこりした気持ちにさえなる。

だってルームメイトに家事を押し付けそうになったとき、私は「日本一のクズ」にならないために、咄嗟《とつさ》にこう反省してしまったのだ。

――家族ってわけでもないんだし、甘えすぎだよね。

＊

「他人」には遠慮するような甘えを、「家族」にならぶつけてもいい。無遠慮な甘えをぶつけられても、「家族」なら受け入れなければならない。気兼ねのなさを充満させ、外に漏れないように目張りする密閉容器としての家族像。

あ〜、これってたぶん家制度の名残《なご》りなんだろうな〜……ということは、多くの人がうっすらと想像しているだろう。

家制度とは、明治31年から昭和22年までの49年間、日本に布《し》かれていた制度である。「戸主」と、戸主に統率される「家族」が、「家」という単位のもとひとつの戸籍を作る。戸主には家族に対するイニシアチブと扶養義務があり、しばしば男性がその役割を担う。日本人が欧米的思想へ向かおうとした明治期に、一族主義から欧米的個人主義への移行の途中段階として考案された……という成り立ちの意外な耳あたりの良さもそこそこに、家制度は現代までややこしい影響を残している。

好きな人と生涯一緒に生きる、というロマンチックな話をしているときに突然「●●家と××家、ご両家の結婚！」と存在感を発揮して「え、そんな話でしたっけ？」と面喰《めんく》らわせる。自分の死後落ち着く場所が知らない間に決まっている上に、知らない間に決められた死後の段取りが「●●家の墓を誰が管理・維持するのか!?」と生きている人に降りかかる。さしずめ「家、回すのは大変なくせに行動指針になりすぎ問題」だ。

「家」の大目的が「家」の継続そのものになると、家族メンバーは「家」を発展させ、連綿と継続させていくための手段になる。人間には寿命があるので、家を続けるためには定期的にメンバーを増やさなければならない。家は苗字《みようじ》で可視化されるから、「外」から補充されたメンバーは自分の苗字を捨てなければならない。

「家族なんだから助け合うのが当然」↓「家族・家のためなら多少の負担は必然」というとき、「個人主義が担保されていても家族ならつい助け合っちゃうのが自然」という謎の理想郷が朗らかに輝き、その影が落ちる地面は家制度が廃止されて75年ほど経ってもいまだ湿っている。

しかもこの「家」という言葉がまた、ややこしい。house（≒家）と、home（≒家）と、family（≒家）と、family system（≒家）の日本語訳が同じ文字で賄われているものだから、混同して混乱してしまう。

【house】の中で安心するのは当然だ。壁があるから往来から見られないし、鍵があるから籠《こも》れるし、屋根があるから雨にも濡《ぬ》れない。

【home】に帰ってほっとするのも素敵だ。好きなもので埋め尽くすことも、スピーカーで音楽を聴くことも、いきなり踊り出すこともできる。誰かと一緒に暮らすのも悪くない。お喋《しゃべ》りするのは楽しいし、複数人で住んだ方がセキュリティも万全。

この「誰か」が【family】であることが比較的多いわけだが、しかしmy familyはmy houseのような設備でもなければ、my homeのための素材でもない。

私が「homeでくらい寛《くつろ》ぐぞ！」と夜っぴて音楽をかけ踊り暴れ、同じhouseで寝ていたfamilyにぶつかりまくり、眠りを妨げ通したら、そのfamilyにとってhouseは寛げるhomeではなくなってしまう。そしてfamily systemは、homeのためにfamilyの幸福感を目減りさせても仕方ないと考えるための免罪符ではないのだ。

*

実は私には、ちょっと憧れているものがある。

ファースト・バイトである。

ファースト・バイトとはラブな二人がお互いにスプーンでケーキを食べさせ合うという、昨今の結婚式でポピュラーに行われる余興だ。ポピュラーすぎて、インターネットの検索エンジンで「ファースト・バイト 飽きた」などとサジェストされるほどだ。またポピュラーすぎて、女性がわざと馬鹿でかいスプーンを使ってパートナーの顔をクリームまみれにするなどのアレンジが多く派生している。

この「馬鹿でかいスプーンで、好ましい人にケーキを食べさせたり、食べさせられたりする」というシチュエーションに私は抗《あらが》いがたい魅力を感じている。だって楽しそうではないか。まず馬鹿でかいスプーンに馬鹿でかいケーキが載っているだけでかなり興奮する。しかもその巨大ケーキを好ましい人間が口に入れて頬張らせてくれたり、たまに失敗して顔面ごとクリームに埋もれるなんて、どう考えてもオモロいではないか。やりたい。やりたすぎる。

しかしできない。

これまで参列したほとんどの結婚式で、「男性から女性へのファースト・バイトには『一生食べるものに困らせない』、女性から男性へのファースト・バイトには『一生美味《おい》しい料理を作る』という意味が込められています♡」と説明されてきたからだ。（一度「欧米では、悪魔は甘いものを嫌うと伝えられていて、ケーキは魔除《まよ》けになります」とアナウンスされたことがあったが、その1回きりだった。）

こう書くと「出し物を批判するなんて、せっかく結婚式に呼んでくれた友達が気の毒」と言われる可能性があると私は知っている。しかし私は自分を招いてくれた友人の決断を批判しているのではなく、そうアナウンスせざるを得ない文脈の方に疑問を持っているのだとも知っている。

そもそも「ファースト・バイトおよびスタンダードな結婚式全般に染み渡っている家父長制的思想」なんて、昔から指摘され続けているのだから、今さら……と思うかもしれない。しかしその指摘され続けてきた家父長制的思想に1㎜も加担せずに「好きな人と馬鹿でかいスプーンで二人羽織のようにケーキを食べてゲラゲラ笑う」というオモロいことができる世の中が、もう達成された！　とは少しも思えないので、とりあえずここにもう一度書いている。

繰り返しお勧めされるスタンダードな幸福のイメージには、パートナーに負担を押しつける勇気を掻き立て、背中を押してくれる仕掛けがたくさんある。

例えば、ものすごく仲がいいこと。愛情のもとに役割とタスクを設定し「愛してるならやってくれればいいのに……」なんて期待してしまうことは、文字で見ると最低最悪だが、案外自分でコントロールしがたかったりする。

例えば、ものすごく疲れていること。「一生食べるものに困らせない」義務を負っているように感じると、「なぜ既に義務を負っている自分がやらないといけないんだ？何も負っていない（ように見える）人がやってくれればいいのに……」と不満が募る。

例えば、役割分担に尤もらしさを感じきっていること。「一生美味しい料理を作る」という役割を演じさせられる「ような」性別なのだから、全部やって然るべきだ！というお墨付きの「痛み分けっぽさ」は心地よい。

そして例えば、家族であること。家族ってそういうものだと信じ込むこと。そういうものだから、家族のための多少の自己犠牲は必要で、しかも自ら喜んで差し出すべきものだと信じさせられること。

早く「オモロいから」というだけの理由で気兼ねなくファースト・バイトをできる日が来てほしい。私はただ誰にも気兼ねなく、何も心配せずに、心配しないために情報をシャットアウトせずに、甘いものが食べたいだけなのだ。

家事が苦手なので、ケーキは焼かずに買ってこようと思う。

家と家庭をとにかく第一に考えない生活はダメじゃないんじゃない

助けてもらいながら
「それなりの態度」で
暮らさないことは
ダメじゃないんじゃない

捉えどころのない空気を言語化する言葉が好きだ。実態のないものに名前がつけられ、文字によって可視化されると、無色透明な空気が色と形を持ったように見えてニマニマしてしまう。

例えば、「雰囲気」なんて言葉を考えた人は天才だ。「雰」と「囲」と「気」の組み合わせで「雰囲気」を表すなんてすごすぎる。「態度」だってすごい。「態」と「度」であの「態度」を表現するなんて、普通思いつかない。「誠意」なんかも、「誠」に含みを持たせて多くを語らないところがニクい。

肩こりやストレスという言葉が流通する前には、人々は肩こりやストレスを認識できず、よって肩こりやストレスは存在していなかった……！　という都市伝説があるが、「雰囲気」や「態度」や「誠意」のような言葉がなかった頃には、やはり誰もその存在に気づかず暮らしていたのだろうか。

そんなわけで、面白がってこういった言葉を使おうと試みるのだが、いざ口に出そうとすると実は自分がよく分かっていないことに気づく。なにしろ、もともと言葉なしでは存在するかどうかさえ確認できない、かろうじて言葉によって共通認識っぽくなっている概念だ。しかも理解と応用は各自の裁量に任されている。

「おう、誠意見せろっちゅうとるんや！」とか「それなりの態度で示さんかい」とか「悪いと思ってる雰囲気くらい出せや」などとふざけて発声してみるとき、実は私は何を提示してほしいのか、さっぱりビジョンが見えていない。見えないものを見せろと言っているのだから当然だ。

見えないものを言葉以外を使って見せるためには、他の依《よ》り代《しろ》を宛《あて》がわなければならない。依り代には物品や行動や言葉が選ばれる。誠意の感じられるものを買ってきて、申し訳なさそうな態度を取り、いたたまれない雰囲気を醸し出せるように注意深く喋ることが求められる。うーん、捉えどころのない空気を言葉で可視化し、その言葉をさらに可視化しようと頑張っているのに、むしろどんどん分かりにくくなっている気がする。

もちろん「おう、誠意見せろっちゅうとるんや！」というような物騒な台詞《せりふ》には、日常生活で頻繁に触れる機会が少ないに越したことはない。しかし案外、「実態がよく分からないものについて、分からないままに然るべき対応を期待し、当てが外れると

『批判』してしまう」事件は頻繁に起こっている。

＊

突然だが、私の最悪な懺悔《ざんげ》を聞いてもらいたい。

私は小学生の頃、阪神《はんしん》大震災で水道が止まった団地に、ポリタンクで水を運ぶボランティアに参加したことがある。団地の庭に設置されたテントでタンクに注水し、事前に申請があったお宅まで運ぶという活動だった。満タンのタンクは重く、広大な団地にエレベーターは設置されておらず、1月の寒さの中、最上階の5階まで上がると息が白く切れた。

申し込みがあったのはたいていご高齢の方の部屋で、チャイムを押すとほぼ例外なくおばあさんやおじいさんが出てきたが、対応は様々だった。大々的にお礼を言われ、「小さいのに偉いねえ〜」と超褒められ、お菓子まで貰《もら》うこともあれば、すぐにドアを閉める人、インターホンだけでやり取りする人もいた。真冬にボランティアへ行って風邪などうつしたりうつされたりしていては本末転倒なので、今思えば全戸インターホン対応を事前通知・徹底するべきである。

しかし当時の私は、「ああ、そこ置いといて」と言われ、細いドアの隙間をがちゃんと閉められたとき、つい反射的に――

――何や！　せっかく運んだのに！

と思ってしまったのである。

この本当に最悪な記憶を、今でも近しいニュースを見ると思い起こさせられる。あまりに頻繁に思い起こさせられるので、このときの私の何が最悪だったのかを振り返るためにも、とりあえず三つ例を挙げてみよう。

①2021年4月、電動車いすを利用するコラムニストの伊是名《いぜな》夏子《なつこ》さんが書いた「JRで車いすは乗車拒否されました」というブログに「批判」が集まった。旅行のために来宮《きのみや》駅を目指した伊是名さんは、バリアフリー化されていない無人駅の来宮駅で下車したい旨を駅係員に伝えたところ、対応できかねるという理由で、バリアフリー化されている有人駅の熱海《あたみ》駅で下車しタクシーなどで目的地へ向かうよう勧められたという。このブログに対して「事前に連絡しないなんて非常識」「駅係員にもっと感謝するべき」「助けてもらっているのに図々《ずうずう》しい」などの「批判」が寄せられた。

②①よりも数ヶ月ほど前、ツイッターで「ベビーカーでも入りやすい、通路の広いカルディ（輸入食品スーパー）があったら便利なのにな〜」という内容の投稿が話題になり、「ベビーカーでどこでも好きな所へ出かけたいと主張するのはわがまま」「他人に迷惑をかけてまでカルディに入りたがる精神が分からない」などの「批判」が散見された。しかし数日後、カルディコーヒーファームは全国各地の売り場の陳列を調整し、通路が従来の1・5倍ほどの広さになるようレイアウトを変更した。

③2018年7月、厚生労働省が生活保護制度で冷房機器購入のための費用の支給を開始した。従来の家具什器《じゅうき》費支給の条件を満たしていること、熱中症予防が特に必要な人であること、生活保護利用を開始してから初めての夏であることなどの制約はあるが、それでも制度上は「初めて到来する熱中症予防が必要となる時期」にクーラー等がなければ申請できるようになった。その2018年の真夏には生活保護利用者がまさに熱中症で亡くなった事件さえあったにもかかわらず、そして冷房機器を稼働した分の電気代は支給されないにもかかわらず、「生活保護を貰いながらエアコンのきいた涼しい部屋で過ごすのか」「贅沢《ぜいたく》するな」「それなりの態度を取れ」などの「批

判」が飛び交った。

このような出来事を見かけると、ボランティアでの悪夢のような失敗が蘇《よみがえ》ってくる。そりゃあ水を運んだとき私は小学生で、自分の意思でボランティアへの参加を思い立ったわけではないことは誰の眼にも明らかだったのだから、「小さな子供が、本来なら担う必要のない社会参画をしている」事実への労《いたわ》りはあってもよかったかもしれない。また、「水じゃなくてオレンジジュースが良かった。しかもオランジーナ（コンビニなどで全然売ってない）じゃないと嫌。あ、タンク持ってくるついでに焼きそばパン買ってきて」と言われたならすぐさまボランティアの運営事務所に報連相するべきだ。しかし私はそんな厳密な労《ねぎら》いを求めていたわけでもなければ、モラル・ハラスメントをされたわけでもない。

書くのも憚《はばか》られるが、恐ろしいことに「せっかく助けてもらっているのに、何だ、その態度は!? 感謝の気持ちが感じられない！ それなりの態度を取り、ありがたい雰囲気を漂わせるのが誠意では!? ついでに言えば、既に恩恵を受けているのだから、それ以上のことはもちろん求めるべきではない！ 恐縮して、腰を低くして、ひっそりと生きていくべきである！」という期待と「批判」を抱いていたかもしれないのである。

＊

言うまでもなく、誰かに何かをしてもらったときに笑顔でお礼を言うのは素敵な行為だ。ゼロだったものが一気にプラスになる、素晴らしい感じの良さだ。

しかし地震のせいで水道から水が出ないとか、自分の行きたい場所に自由に移動できないとか、普通に日々の買い物ができないとか、生命に危険を及ぼす場所で暮らし続けなければならないという状況は、ゼロ以前にマイナスの状態だと言える。

マイナスの状態に押し込まれている人が、実際にはゼロに戻れてもいないのに、「ほら！　ゼロに戻していただいたぞ！　それなのに何だ、その態度は!?　それなりの態度を取り、ありがたい雰囲気を漂わせるのがまともな誠意では!?」「ゼロからさらに何かを求めるなんて、要求が過ぎる！」というのは、むしろそう「批判」している側の要求が過ぎまくっている。

ついでに予《かね》て気になっていたのだが、「それなりの態度」「ありがたい雰囲気」「まともな誠意」のようなものは、何を以て提示ノルマ達成とするのだろう。24時間誰かに感謝の儀を執り行い、その間ずっと気兼ねし続けることを1セットとし、それを3セット繰り返すことで今後一切恐縮しなくてOKですよ！　という筋トレのメソッドのようなガイドラインもない。ということは、ずっと漫然と「誰かに何かをしてもらっている」と後ろめたく思い続けて暮らせばいいのだろうか。歯磨きしていても恐縮、通勤していても恐縮、勉強していても恐縮、サンドイッチを食べていても恐縮していたら、世界が恐縮で溢れてしまう。

しかも仮にガイドラインがあったとして、どうやって管理するのだろう。1日のうち任意の時間に電話をかけ、「おい、夜中2時の抜き打ち検査だ。直近の24時間は、ちゃんと申し訳ない気持ちで生きたか？」「はい、生きました」とやらなければいけないのか？　24時間はノルマ達成だが、23時間59秒では感謝しきれていないからアウト！　になるのだろうか。そんな線引き、この世の誰にもできないのではないか？

……というように、「ほら！　ゼロに戻していただいたぞ！　それなのに何だ、その態度は!?　それなりの態度を取り、ありがたい雰囲気を漂わせるのがまともな誠意では!?」というのは冷静になると突っ込みどころが満載の「批判」なのだが、しかし、要求しすぎてしまった経験のある私には、この「批判」が何から発生しているのかちょっと分かるような気がする。

要するに、小学生の私にとっては、「おばあさんが普通に水を飲めるようになる」という大目的よりも、「(おばあさんが(普通に)水を飲めるようになるために)私が水を運んだ」という過程がものすごく重要だったのだ。「おばあさんがマイナスからゼロの状態に『なる(というか戻る)』」ことよりも、「私がおばあさんをマイナスからゼロの状態に『してあげた』」ことに注目していたのだ。

しかし——

水を飲み、行きたい場所へ移動し、必要なものを買い、できるだけ生命に危険が及ばない環境に身を置くことは、そもそも恐縮が必要な行為なのだろうか。どう考えても、人間は水が飲めて、行きたい場所へ移動できて、それなりに必要なものを買えて、できるだけ生命に危険が及ばない環境に身を置けた方がいい。そしてそう「できる」こと、そう「してもよい」ことは、どうも日本国憲法に記載されていたような気がする。

ということは、マイナスをゼロに「していただく」のは、それなりの態度を取らなければいけない案件ではない可能性がある。だって人間が本来してもよいことを何らかの事情でできなくなった人が、してもよいことをできる「ゼロ」状態に「戻れる」仕組みは、当然機能するべきものだ。

というか「マイナス」などというちょっとイヤな感じの言い方をしておいて何だが、マイナスというのはゼロから見てマイナスっぽいだけである。ゼロの生活を何らかの理由で取り上げられている人から見れば、自分がゼロで相手がプラスだ。つまり、ゼロ地点にいるつもりの人が「相手のマイナスをゼロにするために譲歩してやっている」と思っている状態は、「本来してもよいはずのことができないマイナス状態でいつづけることをゼロとして強要し、相手に譲歩させ続けてしまっている」状態かもしれない。

譲歩してやっていたつもりが、実は譲歩させていた!!??

……という目に見えない驚きを可視化し、無色透明な食い違いに色と形を与える言葉の発明が急がれる。こうしている間にも時間は1秒ずつ経過し、譲歩させられ続ける歴史は一秒ずつ延長されているのだから。

助けてもらいながら「それなりの態度」で暮らさないことはダメじゃないんじゃない

「何にもならないからダメ」

やっべ〜、
今日何にもしてない……
のはダメじゃないんじゃない

や……やっべ〜。もう夜じゃん。今日、何にもしてね〜。

ということが多々ある。夏なら「まだ明るいのにもう夜じゃん……やっべ〜」となり、冬なら「もう暗くなってるじゃん……やっべ〜」となる。天気の良い日なら「どこへも行かず無為に過ごしてしまった……やっべ〜」となり、雨なら雨で「一日家にいたんだから掃除のひとつでもすればよかった……やっべ〜」となる。

私がよく「やっべ〜」となるのは、原稿を書いているときである。今、まさになっている。

ちゃんと朝起きて机に向かっていたはずなのに、振り返ってみると5行しか進んでいない。今日一日、一体何をやっていたんだ……？

こんな薄苦い虚無感は、たぶん、人の数だけある。

例えば自分の仕事が溜《た》まっているのにチームのための雑務をこなしている間に定時になってしまったとか、家事が山積みなのに子供が泣いて手が回らなかったとか、試験が迫っているのにページを捲《めく》ったり戻ったりしているうちに日が暮れていたとか。目が覚めたら夕方で、ああ、午前中に起きていたら美術館に行けたのに……とか。昼寝しなければ本を読み終えられたのに……とか。別に何も予定はなかったけど、何かした方が有意義だったんじゃないか……とか。今この瞬間にも、今日という日の短さに愕然《がくぜん》としている人がたくさんいることだろう。

ざっと挙げただけでも様々な「今日、何にもしてね～」があったので、次のように分類してみた。

【A－1】しなければならないことがあったが、
（1）エンジンがかからず着手できなかった。
（2）条件が揃わず着手できなかった。
（3）物理的・時間的な制限があり着手できなかった。

【A－2】しなければならないことに着手したが、
（1）エンジンがかからずほぼ進まなかった。
（2）条件が揃わずほぼ進まなかった。

（3）物理的・時間的な制限がありほぼ進まなかった。

【B－1】しなくてもいいけどやりたいことがあったが、
（1）エンジンがかからず着手できなかった。
（2）条件が揃わず着手できなかった。
（3）物理的・時間的な制限があり着手できなかった。

【B－2】しなくてもいいけどやりたいことに着手したが、
（1）エンジンがかからずほぼ進まなかった。
（2）条件が揃わずほぼ進まなかった。
（3）物理的・時間的な制限がありほぼ進まなかった。

【C】しなければならないこと・やりたいことがなく、
（1）従ってエンジンのかけどころがなく、何もしなかった。
（2）何もしなかった。
（3）物理的・時間的な制限がありどのみち何もできなかった。

私が原稿を書きながら「やっべ～」となるのは【A－2】（2）にあたる。

＊

朝起きて顔を洗い、洗濯し、コーヒーを淹《い》れてPCに向かい、参考資料を読み、悩み、資料の中に出てきた言葉を調べ、調べているうちに発見した本を注文し、悩み、Wordに戻ってようやく原稿を1行書き足し、エッセイを読めば閃《ひらめ》くかもしれないと思い立って読み、昼食をレンジで温め、ビジネス書を読めば閃くかもしれないと思い立って読み、悩み、閃きを求めて家の中をうろつき、コーヒーを淹れ、洗濯機が止まっていることに気づいてベランダへ向かい、戻ってきて3行書き足し、菓子を2袋空け、最初に書いた行を消し、また資料の中に出てきた言葉を調べ、夕食をレンジで温め、調べているうちに思いついたネタを書き留め、小説を読めば閃くかもしれないと思い立って読み、悩み、閃きを求めて近所をうろつき、また2行書き足し、気づくと深夜になっている。

つまり、今日の成果は1＋3－1＋2＝5行ということになる。

そんなばかな！　15時間かけて5行！　寝てたのか？　いや、絶対に起きていた。「考える」という行為を一日中していたはずだ。しかしどう見ても、原稿は5行しか増えていない。ショックだ。私はなんてダメなヤツなんだ……と落ち込んでくる。『ダメじゃないんじゃないんじゃない』というタイトルの原稿を書きながら「ダメだ……」と思っているなんてギャグである。

このショックは成果が可視化されていないから起きるのではないか、と私は勝手に考えている。

文字を書き終えたときに目に見える成果を1・0とすると、書き始める瞬間までのあれこれは1・0未満に換算される。たとえ0・2から0・8まで進んだとしても、文字という形にはならない。手元に1・0の「モノ」が見えないから、進んだ0・6に達成感を覚えるどころかまるで0のように思えて、今日を無駄にしたように感じるのではないか。

「シャドウ・ワーク」とは1980年代にイヴァン・イリイチ氏が作った、報酬を受け取らないことになっている労働を指す言葉である。家庭内の家事・育児・介護などの労働や、仕事のための通勤や自己研鑽《けんさん》のような、有償労働が成立するための基盤となる無償労働。一方、『シャドーワーク』（東洋経済新報社）とは2007年に一條和《いちじょうかず》生《お》氏と徳岡晃一郎《とくおかこういちろう》氏が出版した「通常の業務、意思決定プロセスからは外れた、個人の自主的な意志と裁量による創造的な仕事」を促す書籍である。こちらは最適化されたルーティン業務と成熟していない評価システムを外れて、自発的にイノベーションを起こす働き方について書かれている。

　存在しないことになっていた無償労働に名前をつけ存在させ直した「シャドウ・ワーク」が、有償を担保されている安全な働き方の、さらに上位概念としての有意義有償労働「シャドーワーク」に上書きされ膨らんでいくことには、無邪気なポジティブ・シンキングを感じる。もちろん一條和生氏らは著書の中でイリイチ氏に言及しているが、それでもつい（よりによってそこ被せてく!?）とは思ってしまう。いや、だって、思っちゃうではないか。しかし有償を担保される安全な労働環境では、『シャドーワーク』は大いに役立ち、会社員だった私は普通にお世話になった。

「シャドウ」も「シャドー」も、外から見れば「あの人、何してるのかよく分からないけど、何やってんの?」と容易に言えてしまう（しつこいようだが、「シャドー」の方には成果を出して周囲に知らしめるチャンスがある）。外から見て何をやっているのか分からない、または見えないふりをできるということは、やっている本人にとってもしばしばシャドウに感じられるかもしれない。目に見える成果に1・0という基準値がついている世界では、1・0未満を確認する目盛りがない。1・0をはじき出さなければ、なかったこととして処理されてしまうのだ。

続いて、【B】の「しなくてもいいけどやりたいこと」について考えようと思う。

【B】の「今日、何にもしてね〜」が起きる原因は【A】とそれほど変わらない。元気が出ない、たびたび中断される状況にある、材料が足りない、特に理由はないがただ何もしなかった、などなど。【A】と異なるのは、実現されなかった予定が必要不可欠ではない、+αの行動であることだ。遂行できれば気分が良くなったり、より良い状態になったり、成長したりするが、できなくても怒られないし、生活に困ることも、誰かを危険に晒《さら》すこともない。「今日、何にもして」なかったとしても損失は一切ない。それでも「やっべ〜」と感じるから不思議である。

例えば、アルバイトを急遽《きゅうきょ》休ませてもらって家でぼんやりしていた、という場合には、損した気分になる心情は分からないこともない。ああ、働いていたら、今頃1000円貰《もら》えたのになあ。しかし実際には働いていないから1000円は貰えない。働いていない時間を明け渡さずに1000円を辞退しているのだから、プラスもマイナスもなく、損害はない。失ったように見える1000円は最初から手の中にない。

そういえば高校の英語の授業で仮定法過去完了を習ったとき、私は大いに混乱した。もしもジェシーがパーティーに行っていたなら、プレゼントを貰えたのに！ しかしジェシーはパーティーに行かなかった。だからプレゼントは貰わなかった。にもかかわらず「貰えた」のに……と、既に「貰い終えた」未来から過去を振り返るのはなぜだろう。国語の授業で習ったときには日本語だったために気づかなかったが、まるでジェシーが既に得てしまった（完了）取り分を失ったような、無性に口惜《くや》しさを掻《か》き立てられる文章である。パーティーが開催されていた夜、ジェシーが家でNetflixを観て快適に過ごして「いた」としても、つまらないデートに辟易《へきえき》して「いた」としても、仕事に倦《う》んで「いた」としても、最悪の喧嘩《けんか》をしてキレまくって「いた」としても、パーティーが開催された時間とぴったり同じだけ、彼女はこの世界に存在して「いた」のだから、プラスもマイナスもないはずではないか。

……ということが授業中に気になりすぎて、その後の先生の話が全く耳に入らず、私はものすごくアホになった。おかげで大学受験に失敗して浪人し、「もしもっと勉強していたら、現役で合格したのになあ！」と思ったのだった。

「いやいや、不本意な過ごし方をしたことで、有意義に過ごせたはずの時間とそれによる喜びを失っているだろう。それが時間を無駄にするってことだよ」という指摘があるかもしれない。そりゃあ喜びの多い時を過ごせた方が良いに決まっているが、「無駄に」過ごした時間よりも有意義に過ごした時間を常に良しとするなら、過ぎていく時間の1分1秒ごとにバリューを宿らせまくりながら生きなければならない。1時間に対していつも1時間なりの時給がつくように、1時間過ごしたらいつも1時間なりのバリューを出し続けなければならないなんて、あまりに安らげない。

私は関西在住だが、かつて3ヶ月間だけ仕事の用事で東京（三ノ輪《みのわ》）に住んだことがある。その3ヶ月の間、ずっと生きるコストパフォーマンスに行動を左右された。如何《いかん》せん東京は生きているだけで関西よりも金がかかる。家賃も食事代もずいぶん高い。高い金を払ってまでここで暮らしているのだから、それに見合うものを得なければ……。そんな風に考えていたものだから、日曜に昼まで寝てしまったりすると、もう最悪である。【C】の「しなければならないこと・やりたいことがない」状態なんてもってのほか、人生そのもののコスパが悪いような気さえしてくる。何かしなければ……別にしたいことは何もないんだけど、何でもいいからしなくては、時間を無駄にしてしまう……と思い詰めていた。

しかし、そもそも時間とは本当に無駄にできるものなのだろうか。

真に時間を無駄にしようとしたら、「せっかく時間が流れてくれているのに、人間はその瞬間、この世界に存在せず、うっかり消えていた」とかいうシチュエーションを作らなければならないのではないか。しかも人間がうっかり存在し忘れていれば、確かに時間を無駄にはできるかもしれないが、人間が存在しないので時間が無駄になったかどうか確認しようがない。だいたい、時間が「流れる」とはどういうことだ。一体どう「流れる」というのだ。なんだか分からないものを失えるのか？　ローマ帝国の哲学者・アウグスティヌスだって『告白』（山田晶《やまだあきら》訳／中央公論新社）の中で「いったい時間とは何でしょうか。だれも私にたずねないとき、私は知っています。たずねられて説明しようと思うと、知らないのです」と言っているぞ！

ちなみにアウグスティヌスは同じく『告白』の中で「もし何ものも過ぎさらないならば、過去の時はないであろう。何ものもやってこないならば、未来の時はないであろう。何ものもないならば、現在の時はないであろう」と続けている。

時間は成果の焼き型に行動のタネを入れ、焼き上げてようやく可視化できる、それだけのものだろうか。上手《うま》く焼けても、焼き損じても、オーブンを加熱した時間は確かにあったはずなのに、焦げたマフィンとともにさっきまでオーブンの前をうきうき行き来していた瞬間ごと焼け焦げて、ゴミ箱に捨ててしまったような気がしてくる。まだ焼き上がっていないマフィンをもう手に入れていたようなつもりで、そのうきうきがマフィンの形になって戻ってこなければ、何もかも失った気分になってしまう。しかしバニラエッセンスの香りにテンションが上がって吸い込みすぎてむせたり、（前にお菓子を焼いたのはいつだったかな……）と思い出したり、トッピングを必要以上につまみ食いしている時間は確かにあったのだ。

こんな風に熱く語っているが、私はマフィンを焼けない。昼食も夕食もレンジで温めているような人間がマフィンを焼けようはずもない。

あーあ！　もしも私がマフィンを焼けたなら、「マフィンが上手く焼けていたら、素敵なおやつの時間になったのになあ！」と言いながらコーヒーを淹れ、焦げた菓子をひたして食べたのになあ！

データ
メール
ワード
グラフ
リスト
形
チェックをつけられるものがない
いろいろあるのに!
イヒ
AM10:00
ウフ…
PM 2:00
エヘ…
PM 4:00
も…もう夕方!?
今日何してた!?
やっべ〜っ今日何にもしてない……
のはダメじゃないんじゃない
ジェシーがパーティーに行っていたら貰えた(?)プレゼント
マフィンが焦げても…
作っていた時間
マフィンが焦げたあとの時間
なくなるわけではない

名前のない関係で生きていくのはダメじゃないんじゃない

皆さんはお正月に実家へ帰省されただろうか（この原稿は2020年初頭に書きました）。

年末年始といえば帰省、帰省といえば久しぶりに会う親族、久しぶりに会う親族といえば、思いがけない分かり合えなさからくる衝撃と疲弊。……と書くと露悪的すぎるかもしれないが、紅白歌合戦に出演する芸能人についてのコメントを聞いてしまったり、家庭内労働の露骨な性役割を目の当たりにしたり、「結婚しないのか」「いい人はいないのか」「子供は欲しくないのか」などの、自らはなるべく繰り出さないように意識的にコントロールしている質問をバンバン投げかけられて「ウッ」となることは、特筆すべき地方都市でなくても、親族間のコミュニケーションが温かいものでも、2020年代でも、案外多い。

とりわけ「結婚しないのか」「いい人はいないのか」「子供は欲しくないのか」などの人間関係開示請求シリーズは『ウッ』となる会話ランキング～久しぶりに会う親族編～」の上位を占めがちである。【揺るぎがたい「関係性」が割り当てられている人々に、揺るぎなさを証明できそうな「関係性」の開示を求められる】という構造が、上位ランクインの理由かもしれない。

166ページで「雰囲気」などの言葉を作った人を絶賛したが、「関係」という言葉を生んだ人も天才だと私は常々思っている。こんな文字の組み合わせ、どうやったら考えつくのだろう。褒めたい。私に褒められても1㎜も嬉しくないと思うが褒め称《たた》えたい。しかしその天才は同時に面倒も生んでくれた。

――私たちの関係って何？

こんな質問が投げかけられるときには、決まって空気が張り詰める。映画やテレビドラマでは、交際しているのかいないのか曖昧《あいまい》だとか、どう考えても遊ばれているとか、相手の態度が思わせぶりだとか、想い人が自分以外の誰かを好いているとかいうシーンで用いられる。問いかけられた登場人物は関係を明確に説明しなければならない。明確に説明しなければ、「明確に説明できない関係である」ことが明確に説明されてしまう。

明確な説明はいつも言葉を必要とする。恋人、彼氏、彼女、夫婦、家族、親友、友人、ライバル、仇《かたき》、上司、部下、元カレ、元カノ、本命、浮気相手、他人、当て馬、何でもいいがとにかく言葉によって綴《つづ》られた名前を提示しなければならない。ひとつひとつ微に入り細に入り厳密に表現していると莫大《ばくだい》なコストがかかるし、話が長くなるし、常に集中して覚えていなければならない。

——私たちの関係って何？

——はい、まず我々は20●●年に出会い、のっぴきならない諸々《もろもろ》を経て～中略～現在では最も心を寄せ、最期の瞬間まで人生を共にしようと決意を固めている関係です。

——私たちの関係って何？

——ご説明しましょう。例えばふと手が触れ合い、その温《ぬく》もりを感じた瞬間に～中略～まるで『CIAO《チャオ》ちゅ～る』（いなばペットフード）のCMに出てくる猫みたいにベロベロになってしまうような心温まる関係です。

——私たちの関係って何？

——言いにくいのですが……一度は燃え上がる情熱に身を焦がしたものの、日々のすれ違いから少しずつ不信感が蓄積し〜中略〜今ではお互いに新たなパートナーと生活しているため、週に一度オフィスですれ違うだけの関係です。

これではまるで寿限無《じゅげむ》である。だから関係には名前がついている。名前がついているととても便利だ。夫婦、恋人、元カレと言えば2秒で済む。

映画やテレビドラマにおいて、関係を表す名前の揺らぎは、しばしば起承転結の「転」あたりで発生する。なぜならほとんどのドラマが人間関係の変化を描いており、「結」に向けて関係を収束させていかなければならないからだ。関係を精査する問いかけが物語の収束のための引き金を引く。

とはいえ現実の人生において、明確に説明できることの方が圧倒的に少ないし、起承転結は一度きりではない。同時進行でいくつもの起承転結がフーガ状に発生したり、途中で立ち消えたり、思いがけず再発するからややこしい。コミコミだ。人生はコミコミなのだ。お見積書だってコミコミなのだから、いわんや人生をや、だ。複雑怪奇なコミコミに直面しながら、既存のネーミングのバリエーションだけで明確に説明することは結構難しい。私たちの関係って何？　って、こっちが聞きたいわ！　説明してくれ！

突然だが、私には「何その関係!?」と尋ねられるリレーションシップが二つある。

一、

私には母が5人いる。血縁関係にある母、友人のお母様である母、フランスでホームステイした際にお世話になったホストファミリーの母、近所の洋服リフォーム店の母、そして近所のクリーニング店の母だ。血縁関係にある母はありがたいことに最初から母でいてくれて、二人目以降の母はありがたいことに「私を母だと思ってね」と言ってくれた。

言ってもらった側から想像するのはちょっと調子に乗っているような気がするが、「私を母だと思ってね」という言葉は、多少年齢の離れた相手に、普通の知人よりも親身になり、親しみを感じ、これからも親しく付き合っても良いと思っている、という意味だろうと推測する。既に存在している「母と子」という名前から一般的に想起されがちな「他人よりも親身になり、親しみを感じ、これからも親しく付き合っていく」というイメージを拡張している。既に名前のつけられた関係をカスタマイズすることで親しさをすり合わせフィックスできる。名前があると便利だ。

二、

私はルームシェアをしている。大学の同級生だった女性と、かれこれ10年以上一緒に住んでいる。卒業し、就職してもオフィスが近かったために何度か一緒に引っ越しもした。

この話をすると「付き合ってるの？」とか「どっちかが結婚するときはどうするの？」とか「いつまでフラフラ遊んで暮らしてるの？」などと聞かれることがある。いまだにどう返事するのが良いか分かりかね、ことさらに反応することも、嫌そうな顔をすることも気が引けて、結局アーとかウーンとかイヤーとか言ってしまう。どうやら女と女が長く強く親しみ続けるなどという現象は、はっきりとした意志を持って交際している場合のみかろうじて存続するものであり、意志を持って交際していないのなら将来的に男女の結婚というライフイベントに脆《もろ》くも打ち破れるはず……という了見がこの世にはあるらしい。

せっかくなのでルームメイトのことを褒めちぎろうと思う。

まず彼女は私の話を全然聞いていない。私がダークサイドに堕《お》ちかけて2時間くらいくだを巻いていても、その間ずっと『アイドルマスター シンデレラガールズ』（バンダイナムコエンターテインメント・Cygames）をプレイしているか、『トロとパズル〜どこでもいっしょ〜』（ビサイド）をプレイしているか、ツイッターを見ているか、見過ごせないほど悪質なヤフコメに「そう思わない」を付けている。これはとてもありがたい。「あ、こいつマジで全然聞いてないな」と思うとだんだん嘆くのが馬鹿らしくなり、ダークサイドから負荷なく立ち直ることができる。

それに、私の描いた絵のチェックをしてくれる。描き終わりかけた絵を見せて「いいじゃん」または「ここ変じゃない？」と感想を言ってもらい、完成度を高めることがチェックの目的だが、彼女は私の絵にコメントするとき、まずスケジュールを頭に思い浮かべる（私は守秘義務に違反しない程度に仕事の内容を彼女に伝えている）。そして「今『ここ変じゃない？』」と言った場合に私が陥るであろうドツボ」と「〆切」と「仕上がり」を天秤《てんびん》にかけ、「やや気にかかる点はあるものの、このまま進めた方が結果的にベター」と判断したときには、静かに「大丈夫、手癖の範囲」と言ってくれるのだ。

素晴らしいルームメイトである。反対に彼女が悲しい気持ちのときには私が踊りを披露したりして、楽しい生活を送っている。

彼女のことはルームメイトと呼んでいる。ルームのメイトだからだ。いつだったか、彼女のことをルームメイトではなくソウルメイトと呼んでいた時期もあったが、「昨日ソウルメイトとテレビ見てたらさ〜」「ソウルメイト!?」というやり取りが1日に35回くらいずつ発生するので差し控えるようになった。

もしも彼女に問いかけられたら（問いかけられたことはないが）、私は次のように答えるだろう。

——私たちの関係って何？

——はい、良いものを良いと言うことができ、厳密な目盛りで話すことができ、ザルの目が粗いままでも壁打ちするように話すことができ、縋《すが》ることも突き放すこともでき、最強の気分になれる関係です。

しかしこんな風に説明できないときには、彼女と私はきっと「友達」ということになるのだろう。「友達」という名前が親しみを表すには不充分だとか、私と彼女よりも卑小な関係だというわけでは決してない。しかし世の中には「友達」よりも優先されるべきと考えられている間柄がたくさんある。だから「付き合ってるの?」とか「どっちかが結婚するときはどうするの?」とか「いつまでフラフラ遊んで暮らしてるの?」と聞く人がいるのだろう。便利な名前がないから。

*

では、どんな関係でも過不足なく言い表す間柄を定めてあげよう、と言われたらどうだろう。

ライフステージの折々で「条件を満たしている関係ではない」という理由で締め出される事態を回避できるなら、それは何よりも重要だ。生きていく上で普通に困る制度は改善されなければならない。しかしそういった、適宜・適切に利用できるべきシステムを除けば、私は関係に名前がつくことに少し尻込みしてしまう。

関係を表す名前とは、人間と人間を取り巻く雰囲気を感じ取り、雰囲気をカクカクの2Dで再現し、そして雰囲気を確実に取りこぼすものである。人間が「いる」または「いない」状態を取り巻く雰囲気を、果たして言葉を使って過不足なく名づけ、共有できるものだろうか。「り」と「ん」と「ご」という文字の羅列が赤い果物そのものではないように、そんなことは実は不可能なのではないだろうか。

例えば、ミルクとコーヒーとルイボスティーが戸棚にあるとする。凍えながら部屋に入ってきた人が「何か温かいものを……」と頼むとき、種類はさほど問題ではない。温かいものを飲めればそれでいいのに「ミルクかコーヒーかルイボスティーか指定してもらわなければ出せない」と切り返すのはナンセンスだ。カフェインや乳製品を摂取できない場合にはルイボスティーを注文する必要があるが、その場合は「ルイボスティー」ではなく白湯《さゆ》でもいいはずである。ホットミルクとコーヒーとルイボスティーが提供できるなら白湯も出せるだろう。よもや「ホットミルクとコーヒーとルイボスティーは飲みたくない」というつまらない理由で温かい飲み物を享受できないなんてことがあれば、寒くてとてもやりきれない。ここに温かい飲み物があり、マグカップを受け取って指先の血管が激しく脈打つ喜びには何の名前もいらないのだ。

――私たちの関係って何?

――ご説明しましょう。相手が凍えているときに、自分こそが一番に温かい飲み物とふかふかの毛布を差し出したいと、いつも思い合う関係です。その「一番」を死守するためにのみ、私は明確な名前を求めるでしょう。

いい人いないの
子供産まないの？
いい年なんだから
ケッコン
ウッ
となる会話ランキング
～久しぶりに会う親族編～
こんなにはっきり説明できないときもある
彼氏
彼女
元カレ
※キョンシーは別に名前を顔に貼っているわけではない
名前のない関係で生きていくのはダメじゃないんじゃない
じっ……
これはりんご
りんご
ではない
「関係」って言葉考えた人めっちゃ天才やん
「雰囲気」とか考えた人も天才
すごい すごすぎ
こちら私のソウルメイト
どうも
てれり
紹介重っ
じーん

女が女と一生一緒に
住む予定でいるのは
ダメじゃないんじゃない

引っ越すことになった。引っ越し先は、ルームメイトの実家である。

前話からしつこいようだが、私はずいぶん長い期間、大学の友人である女性とルームシェアをしている。そしてルームメイトの話をすると、今までは高確率で「付き合ってるの？」「いつまで一緒に住むの？」「どっちかが結婚するときはどうするの？」と聞かれてきた。しかし、彼女の実家に住む話をするようになってから、「付き合ってるの？」が「養子縁組したの？」に変わったのだ。

養子縁組はしていない。ルームメイトのご両親が諸事情により転居することになり、

ご両親「家空くけどどうする？　せっかくやし、あんた住んだら？」
ルームメイト「一人でファミリー向けの団地に住むの、きつくない？」
ご両親「ほな今一緒に住んでる子もそのまま一緒に住んだらええやん」
ルームメイトと私「「マジ？」」

というありがたいお申し出により引っ越す運びとなった。

住環境としてはさほど劇的な変化はないにもかかわらず、実家（の跡地）に間借りすることになった途端「養子縁組したの？」と聞かれるあたり、「実家に住む」ことを取り巻いているイメージの重みを感じる。かくいう私も「住んだらええやん」と言ってもらったときに思わず「マジっすか？　いいんですか？」と聞いてしまった。私も普段は「好きな人間と好きなように暮らすのはダメじゃないいんじゃない」などと言いながら、心のどこかでは（でも実家に住むのはさすがにダメかな？）と考えていたのかもしれない。

どうせ住むなら経年によって傷んだところを修繕した方がいいということで、最近はいくつかのリフォーム会社の人が見積もりに来てくれている。別に物件の所有者でも何でもない私も、微妙なコミット具合で立ち会っている。

親子3人らしき集団に、明らかに敬語で喋《しゃべ》っている謎の人物が交ざって空き家の中をうろうろ歩き回っているため、見積もりに来た方々は「誰が最終決裁者なんだ!?」

という表情で全員に名刺を配るという細やかな配慮を余儀なくされている。すみません、とりあえず最終決裁者は私ではないです。

しかしどこの会社の人にも、特に事情を聞かれることがないのは嬉しい。その日会ったばかりの人にプライベートについて根掘り葉掘り聞かれるなんてあり得ないでしょ、と思われるかもしれないが、これが案外聞かれるのだ。

今住んでいる賃貸マンションに引っ越したときには、大手引っ越し会社の人々に「おねーさんたち、どーゆー関係なんすか？」と聞かれて（ひょえ〜、あんたらやめときや〜）と思ってしまった。最近、ガスの点検があったときには、現場スタッフのおじさんが本社に点検終了を報《しら》せる業務連絡の電話で、「名義人（ルームメイト）と立会人（私）が別の人間？　しかも『夫婦』じゃない？　どういう関係？」と聞かれていた。そんなことをおじさんに聞いても仕方ないのだが、このおじさんは「夫婦でも他人でも手続き上は問題ないでしょ、問題ないんだから聞けるわけないでしょ！」と電話口で怒ってくれて超良い人だった。おじさん、ありがとう。毎晩おじさんのご健康とご多幸を祈っています。

「夫婦じゃない？　どういう関係？」という質問は、「実家に住む？　養子縁組したの？」という質問と根底で繋がっている。

＊

実家に住むということは、「家族」の敷地に足を踏み入れるということだ。たとえご両親が引っ越した跡地だろうが、家賃を払っていようが、その一点が普通の賃貸マンションでルームシェアするよりも重いイメージを掻き立てている。

実家に住むということは、「家族」になること。「家族」になるということは、結婚すること。結婚するということは、男女のつがいを作り、妊娠・出産し、血縁関係による「家族」を作ること。そんなイメージが染み渡っているから、女二人で「家族」を作るとなると、すわ養子縁組か!?　となるのかもしれない。もちろん養子縁組そのものに何ら問題はない。ただ、持続可能とされる生活集団の単位が、男女のつがいから始まる妊娠・出産を想定した「家族」しかないこと。いつまでも続いていく関係でありたければ、その正しい「家族」を模すしかないことが不思議なのだ。

別にどんな生活集団で暮らしたっていいではないか、という話が出ると、必ず迎え撃とうとしてくる勢力がある。

「男女のつがいでなければ子供が生まれない！　妊娠・出産を想定した『生物学的に正しい』カップルを作る努力を全員がやめてしまったら、人類が滅亡する！」勢だ。

「人類が滅亡しないよう、みんな男女のつがいになって家族を築いているのだから、お前だけ勝手なことすんなよ」という理屈である。

2020年9月、足立《あだち》区議会にて白石正輝《しらいしまさてる》区議が少子高齢社会への対応を問われ、「L（レズビアン）とG（ゲイ）が足立区に完全に広がってしまったら、子供が1人も生まれない」「LだってGだって、法律で守られているじゃないか、なんていうような話になったんでは、足立区は滅んでしまう」と発言し物議を醸していた。

同性カップルは妊娠・出産を想定した「生物学的に正しい」組み合わせではない

↓

人類全員が同性カップルだった場合、妊娠・出産が「できない」

↓

「出生率が0になる」
　　↓
人類滅亡……。

というロジックらしい。グロい。

人類全員が同性カップルになる確率は、人類全員が異性カップルになる確率と同じくらい、議論する意味がないほど低い気がする（人類全員がたまたま同じタイミングでいっせいに黒髪になるか？）。しかし仮に言葉遊びに乗っかるとすれば——もしも地球上に同性カップルだけが爆誕するという偶然が起きたとしたら、そしてその全員で人類を存続させ世界を回していくのだとしたら——我々も今いるメンバーで回していけるシステムを作ればいいだけの話じゃんと思ってしまった（ちなみにむしろ人類を積極的に滅ぼしたいパターンについてはここでは置いておく）。例えば、子供を望む人どうしがマッチングして妊娠・出産ができるシステムとか。もしもこのシステムを運用するなら、出産という行為の実働の鍵を握り、かつ負担も圧倒的に大きい立場にある人々が経済的な理由などから生きる手段としてマッチングに参加せざるを得ないリスクをなくす必要がある。新しいシステムが生まれると必ず「悪用する人が出てくる」と言う人が出てくるものだが、新しいシステムが悪用できるなら今のシステムも全然悪用できるので、新旧あわせて悪用対策を考えることが人間の腕の見せ所である。

そもそも【妊娠・出産ができる！＝人類繁栄！　できない！＝人類滅亡！　やばい！】というような話を、妊娠・出産が「できない」人が聞いたらどう思うだろうと考えただけで戦慄《せんりつ》してしまう。どうか偶然突風が吹いたりして、あまり聞こえていませんようにと願う。

余談だが、私はたぶん妊娠・出産ができない。

私とルームメイトがカップルだろうと友達だろうと、特に今回のテーマには関係ない（テーマによっては関係あるだろうが）のでひとまず置いておこう。それはそれとして、どのみち不可能なのだ。どういうわけだかさっぱり分からないけれど、私が昔から「妊娠・出産のことを考えるとパニックになる」という不思議な性質を持っているためである。

「知識がないから怖く感じるのかな？」と思ってとりあえず女性器およびその周辺部位から妊娠・出産までの諸々について調べてみたのだが、ますますパニックになるだけで特に解決せず、ただ詳しくなっただけだった。私の場合は偶然にも子供が欲しいという気持ちがなかったので、最近ではこの現象には特に理由はなく「ピーマンが絶対無理」とかそういうタイプの現象だと諦め、無理なままでいることにしている。

機能があるなら産むべきと言われてもこればかりはどうしようもない。女と住もうが男と住もうが一人で暮らそうが、無理なものは無理なのだ。たぶん私も白石区議的には滅亡に加担している存在なのだろう。

しかし、ここで社会性である。なんとラッキー、人間は社会的な生き物なのである！

社会的な生き物は社会を形成できる。例えば納税したり、買い物して経済を回したり、駅でベビーカーの移動を手助けしたりできる。つまり、社会の一員でいることで、人類の繁栄に大小様々な形で貢献《こうけん》できる（したければ）ということだ。

先述の白石区議の発言へのアンチテーゼとして、レズビアンやゲイ当事者の人々を中心に「大丈夫、今住んでいる街、別に滅んでないよ！」とSNSに写真を投稿する動きがあった。その投稿に「今はまだ滅んでないだけ」「この先の繁栄はどうするの？誰かがやってくれるからいいってこと？」と食い下がる人がいたが、そう、まさに誰かがやってくれて、その誰かを別の行動で支えられることが社会的な生き物のメリットなのである。人間に生まれてよかった。

もはや、人類全員が男女のつがいから始まる妊娠・出産を想定した「家族」を築き、血縁に基づいて「家族」を拡大していく従来のシステムだけでは、ヒトが繁栄することは不可能である。そのシステムに当てはまらない、そのシステムだけではどうにも生きづらい人がいるらしい、ということに我々がもう気づき終えてしまっているからだ。

気づいてしまった以上、取るべき方法は二つしかない。

①従来のシステムの幅を広げ、人間の負担を減らす
②従来のシステムに人間の方を合わせる

①従来のシステムの幅を広げ、人間の負担を減らす

が実現すれば、きっと「男女のつがいから始まる妊娠・出産を想定した『家族』が個人的な事情にかかわらずとにかくクリアするべきもの」という漠然とした焦りも、「なんとなく男女のつがいじゃないと普遍的でない気がする」という不安も霧散していくだろう。子供を持つことにもっと様々なルートでアプローチできるようになるだろう。男女の結婚が「最終的には必ず他のあらゆる予定を凌駕《りようが》するもの」でなくなれば、女二人で暮らしていても「いつまで一緒に住むの?」「どっちかが結婚するときはどうするの?」と聞かれることも減るだろう。

②従来のシステムに人間の方を合わせる

を選ぶと、社会のために人間が存在することになってしまう。つがいたくない組み合わせで無理やりつがわせ、労働や家庭労働に従事したくない人間に無理やり従事させ、妊娠・出産したくない人間に無理やり出産させる羽目になる。するとどうなるかというと、生きている喜びが全くなく、死んでいる状態で生きる羽目になる。これでは本末転倒である。

せっかく人間が生きるために社会を形成したはずなのに、その運営のために人間が死ぬほどつらい目に遭っていたら意味がなさすぎるのでは!?

だって「お前が妊娠・出産のことを考えるとパニックになるなんて知らん。とにかく子供を産め」なんて言われたら、私はマジでパニックになってそのまま失神し、それきり目を覚まさない可能性が高い。それなら失神してる間にせいぜい働いて、別の方法で社会に貢献した方が、どう考えても効率がいい。現に今だって「とにかく子供を産め」と言われることを想像するだけで具合が悪くなり、結果原稿が遅れている。原稿が遅れると編集者の方に迷惑がかかり、業務を遅延させ、社会を停滞させてしまう。だいたい、ああ、私って人類の滅亡に加担してるんだ……などと思っていたらテンションが下がって働けるものも働けないではないか。

そんなわけで、私には今のところ納税できる元気もあることだし、引っ越しをして女二人の生活環境を整え、気合いを入れて働こうと思っている。この引っ越しによって、ますます人類は繁栄することだろう。ちなみに働いて納税できない人も、働いて納税できない期間を生き延びられるシステムを構築できるのが人間のいいところだ。人間に生まれてよかった。

これからも人類のご健康とご多幸を祈っている。

なお、連載時は本稿が最終回であった。

その際添えた文言をここに再掲する。

『ダメじゃないんじゃないんじゃない』は今号で連載を終わり、これからさらに他のトピックスを書き加えて書籍にするべく準備を進めて参ります。書籍刊行の際に手に取っていただけると、経済が回り、納税もでき、ますます人類の繁栄に貢献できることと存じますので、どうぞよろしくお願いいたします。

今もこの想いは変わっていないので、万が一立ち読みの真っ最中だという人は今すぐレジにお持ちいただけたら幸甚である。

女が女と一生一緒に住む予定でいるのはダメじゃないんじゃない
人類 for 仕組み
仕組み
仕組み for 人類
仕組み
ニャーーッ
工務店
計測している
じり…
母 父 子 孫
家 車
結婚
昔なつかしの人生ゲーム

人生のストーリーから外れてみるのはダメじゃないんじゃない

演劇を観に行って、りんごを齧《かじ》るジェスチャーをする俳優を前に「りんごなんかどこにもないのに、何やってるんだろう……?」なんて言うのは野暮《やぼ》というものだ。本物のりんごが目の前に実在するかどうかは問題でも主題でもなく、今ここに「りんご」がある世界線に観客全員が入り込んでようやく、「さあそれでどうなる、」と肝心のストーリーが始まるのだから。今ここに「りんご」がある世界線に入り込んでようやく、現実世界で確かめられない甘みと酸味を味わう人だって大勢いるのだから。

しかし私は、この「ストーリーを信じて没入する」という、演劇や小説や音楽やスポーツを楽しむための大前提をひっくり返されてたまげたことがある。

2013年の夏、東京都は杉並《すぎなみ》区の劇場「座《ざ》・高円寺《こうえんじ》」にて、演劇実験室◉万有引力の舞台『邪宗門』を観た。演劇実験室◉万有引力とは、寺山修司《てらやましゅうじ》氏主宰の「演劇実験室・天井桟敷《さじき》」解散後、そのメンバーと音楽・演出担当のJ・A・シーザー氏によって結成された演劇グループである。2013年は1983年に亡くなった寺山修司氏の没後30年にあたり、『邪宗門』が記念上演された。

1972年の日本での初演の記録をまとめた書籍『演劇実験室・天井桟敷「邪宗門」』（1999年ブルース・インターアクションズ）には、とうじ魔《ま》とうじ氏による「（略）衣裳を脱ぎ、演技を捨てた俳優たちが台詞ではない〝自分のことば〟を叫び始める。虚構から現実へ。（略）」という帯がつけられている。観劇前には「何のこっちゃ？」と思ったその帯は、実際に観てみると、そのまま、言葉通りの意味だった。

詳しい筋書きはネタバレになるので伏せるが（伏せると意味がないような気もするが）（そしてここからも盛大なネタバレなので、これから観ようという人は読み飛ばしてほしいのだが）、ものすごく雑に説明すると、公演の終盤でキャラクターを演じていた俳優たちが、キャラクターであることを放棄するのだ。

突然、俳優の一人が自分たちを操っていたのは「黒子」だと気づく。また別の俳優が、その黒子とは「言葉」で、言葉を操っていたのは「作者」で、作者を操っていたのはあらゆるエモーショナルなもので、あらゆるエモーショナルなものを操っていたのは時の流れで、時の流れを操っていたのは歴史で……と告発する。そして衣装を脱ぎ捨て、今演じている役割をうっちゃり、舞台セットを物理的にボコボコに壊しまくり、俳優たちの本名を連呼する。

観客たちはそれでようやく、今が昭和ではなく2013年7月で、ここが舞台の中ではなく現実世界だと我に返る。


つまり今の今まで「そういうものなのだ」と信じ込んでどっぷり浸《つ》かっていたストーリーから、急に放り出されるのだ。今まではむしろ没入を促されてきたストーリーを、おもむろに脱がされるのだ。そ、そんなムチャクチャな。

「ムチャクチャな」と思っている間にあれよあれよと大道具は引き倒され、舞台は文字通り終わった。外に出ると蒸し暑く、蒸し暑いと感じている私はさっき見た登場人物の誰でもないと思うとぞっとした。まるでストーリーの水面から顔を出して初めて、自分が水の中にいたと気づいた心地であった。

＊

「ストーリーを信じて没入する」という行為は、演劇や小説や音楽やスポーツを必要とする人にとって生きる糧のようなものだが、案外、日常生活でも頻繁に執り行われている。

例えば、ビジネス書で口すっぱく言われ続けている「モノではなくコトを売る」とか、「商品を使っているシーンを顧客自身に思い描かせ、自身の中にある潜在的なニーズに気づいてもらう」というようなメソッドは、ストーリーを信じさせ没入させて、そのストーリーの中での通貨を使わせるという作戦だ。

あるいは、私は今、スターバックスにいる。そして私はここをスターバックスだと思い込んでいる。

スターバックスが私に「緑色の丸いマークが掲げられ、シックなソファとテーブルが置かれていて、レジの奥にランプが吊《つ》り下げられ、コーヒーのいい匂いが漂い、黒板の絵がやたら上手く、マークと同じ緑色のエプロンをつけた親切な店員さんがいる場所は、スターバックスですよ」と信じ込ませたからだ。私は緑色のマークが掲げられ、シックなソファとテーブルが置かれ、レジの奥にランプが吊るされ、コーヒーのいい匂いが漂い、黒板にやたら上手い絵が描かれている場所で、緑色のエプロンをつけた店員さんに親切にされれば「ああ、ここはスターバックスだな」と思う。「もしかしてスターバックスじゃなくてタリーズコーヒーである可能性は捨てきれないのでは?」なんて疑わない。スターバックスのストーリーを信じているのだ。だから「ストーリー」とは、直訳の通りの「物語」ではなく、「物語の顛末《てんまつ》はきっとこうなのだと信じて疑わない想像図」なのかもしれない。

そもそも私自身、「私」というストーリーを信じなければ生活が立ち行かない。私ははらだ有彩《ありさ》という人物だが、便宜上そのキャラクターを信じて毎日を過ごしている。私=はらだ有彩。はらだ有彩=絵や文章を描く(書く)。ルームシェアをしている。関西人。ダジャレが好き。フェミニストである。30代。実家はせんべい屋。将来の目標はこの世のよく分からないレギュレーションを破壊すること。好きな色は赤と黒と金と銀。好きな食べ物はレンコンの天ぷら。etc、etc。……という人物像を、私は差し当たり「本当にそうか?」と疑わずに暮らしている。そうしなければ毎朝目覚めるたびに「わ……私とは一体何だろう……!??」という自問から始めなければならず、自問しているだけで一日が終わってしまう。仕事や趣味や部活や生活という有意義なことに時間を使えるのは、「はらだ有彩である」「はらだ有彩はこういう人間だから、きっとこう生きるのだ」という人生のストーリーを信じているからだ。ストーリー、めちゃくちゃ便利である。

そう、ストーリーは生きる糧になってくれるし、欲望を育ててくれるし、しかも便利。素晴らしいではないか。ではなぜ私は「ストーリーを信じて没入していた」ことに気づき、座・高円寺の前でぞっとしたのだろう。

それは、生きやすく暮らしやすくなる反面、脱出できなくなり、がんじがらめになる危険もあると思い出したからだ。

スタバとタリーズを間違えるくらいなら笑い話だが、実際に生きている自分の人生のストーリーを信じすぎると、「そのストーリーを便宜上演じている自分」がキャラクターにめり込んで埋没し、別の演目だってどこかに存在するかもしれないという可能性を忘れてしまう。

*

子供の頃、私はピアノ教室に通っていた。少しも上達しない最悪な生徒だった。毎週「何ひとつ楽しくね～」と思っていたが、どうやら私自身が習いたいと言い出したらしく、両親は「自分で決めたんだからしばらくは続けなさい」と厳しかった。ある日、先週出された課題曲の練習を忘れていたことに気づき、大いに落ち込んだ。練習していないとバレたら先生に怒られる。そして絶対バレる。ていうかそもそもピアノ、本当に楽しくない。弾けないし。

そこで私はキッチンのテーブルの脚にしがみつき、しがみついた腕を絶対に解かないと決めた。家を出る時間になり、祖母に「はよ行きんかいな」と促されたが、それでも私は腕を離さず、てこでも動かず、その日教室をサボったのだった。

サボった私が一番驚いたのは「ピアノ教室へ行かない」という世界線が存在したことだ。それまでの私は、どれだけ楽しくなくても「行かない」という選択肢どころか、「行きたくない」という気持ちにさえ気づいていなかった。「ピアノ教室へは行くものだ」「私はきっとピアノ教室へ行くのだ」というストーリーを、絶対に回避できない、逃れようのない、普遍的なストーリーとして信じ込み、没入していたからである。

親にはそれなりに怒られ愛想も尽かされたが、幸い、テーブルの脚から引き剝がされ横抱きにされて教室まで連行されたり、殴られたり、ピアノの前に座らされて手を無理やりパーに開かされ、バンバンと鍵盤を打たされることはなかった。結局、翌週は普通に教室へ行き、先生には2週間分怒られた。その後すぐに私は諸事情で入院することになり、自分の意思とは関係なくピアノを辞める羽目になった。

しかしたとえ強要されたとしても、現実が何も変わらなかったとしても、自分の力で打破できなかったとしても、「行かない世界線があった！」という衝撃は、どのみち小さな子供に気づきをもたらしただろう。

ああ、変えることさえ思いつかなかったストーリーは、全く不可侵ではないのだ。日常生活を送る上で「そういうことになっている」というお面を被っているだけであって、必ずしも信じ続けなければならない原理原則ではないのだ。今までもそう決まっていたし、これからもそう決まっている筋書きとして没入する必要はないのだ……。

ちなみにこの気づきは、日々を生きていると数秒で忘却の彼方《かなた》へ追いやられる。ピアノ教室を辞めてから20年後、私はブラック企業に入社し、心身ともに朦朧《もうろう》としながら「でもなんだかんだ言って辞められないのだ」「きっと私はずっとこの会社にいるのだ」と、また深く思い込むことになる。会社に行かなければクビになるとか、お金が貰えないという結果論的な制約やリスクは多々あれど、もしも私が「本当に」「行きたくない」と思えば、誰も私の首根っこを押さえつけて会社へ引き立て、手を無理やりパーに開かせ、バンバンとキーボードを打たせることはできないというのに。仮に打たせたとしても、画面には意味不明な文字の羅列しか入力されないというのに。

こう書くとなんだか、「人を殴ってはダメだということになっているけど、実際にどうしても殴りたければ、誰も止められないんじゃない?」と禁忌全般を無効化して唆《そそのか》しているとも解釈できそうだが、別にそういうわけではない。もちろん、結果論的な制約やリスクによって実際には退職できない状況にある人を「辞めちゃえばいいじゃん」と焚《た》きつけているわけでもない。

ただ、「明日会社へ行かなければならない」「きっともう絶対に、明日会社へ行く人生しかないのだ」というストーリーは、「明日会社へ行かない」という別の演目の気配により、一瞬だけ無効化される。結局明日行くとしても、その気配は私に、ふとストーリーの水面に顔を出させる。それを思い出すまでまた3年を要したのだった(新卒で入った会社には最低でも3年はいなくてはならないというストーリーを信じていたため)。

＊

こう何度も忘れ、そのたびにストーリーにがんじがらめになっていてはたまらないので、私は定期的にストーリーの水面から顔を出し、息継ぎする練習を実践することにした。

やり方はこうだ。

①夜、眠る前にベッドの中で暗い天井を見上げる。天井を見ている自分に気づくまで、天井を見上げ続ける。

②視界にあるものを、言葉を使わずに説明しようと試みる。暗い天井を表すのに必要な「暗い」という言葉は、日常生活を円滑に進めるために便宜上「暗い」状態を指している「言葉」であり、ずばり「暗い」そのものではないので使えない。

③言葉で代弁することを封じられていると意識しながら、引き続き天井を観察し続ける。いつも「これは視界である」とだけ認識して、それ以上掘り下げなくていいように脇へ置いておいた「何とも説明できない暗いもの」が、急に不思議に見えてくる。

④「見える」という現象も、言葉を使わずに説明しようと試みる。この「見える」っ

て何だろう？　たぶん、「目」の「前」に「色」が「見えて」いろんな「もの」の「形」になっていることだ。でもそれを「目」「前」「色」「見える」「もの」「形」という「言葉」を使わずに説明するとどうなるのだろう。「色を認識している」状態を、「色を認識している」という「言葉」を使わずに説明するとどうなるのだろう。

⑤そういえば、ときどき自然に行っているこの「まばたき」も、どうやって筋肉を動かしているのだろう。筋肉を動かすって、何？　どういう状態？

⑥全ての色と形と言葉と動きと意味がゲシュタルト崩壊する頃、ふと、言葉を使わずにこの暗い天井を見ているという状況を説明できるのは、自分という存在の感覚だけであると気づく。つまり、「自分がマジでたった今ここにいる」ということに気づく。言葉では説明できないけど、いる。ここにいる。

マジでいる。

私がいる！！！！！！！！！！

！！！！！！！！！！！！！！！！！！！！！！！！！

！！！！！！！！！　　　！！！！！！！！！！！！！！！！！！！！！！！！！

――と気づいてつい興奮した瞬間、苦労して気づいたはずの純粋な「いる」は霧散してしまう。頭の中で、言葉で「いる」を代弁してしまったからだ。

それでもさっき一瞬だけ、ストーリーの水面から顔を出したことに変わりはない。私ははらだ有彩として、はらだ有彩というストーリーに則《のっと》って生きているけれど、それは単なる「いる」の上に載っている薄皮だ。その薄皮を衣装のように脱ぎ捨てる日が、気に入った別の演目にふらりと出演する日が、嫌になって大道具ごとぶち壊す日が、あるかもしれない。実際には脱がなかったとしても、舞台を降りなかったとしても、壊さなかったとしても、次のような台本があるかもしれない。

第三幕／シーン59

はらだ…衣装のボタンを外し、舞台装置にくくりつけた紐《ひも》を握っている。次の台詞《せりふ》を思い出そうと下手《しもて》をぐるぐると回りながら、はらだ：人生のストーリーから外れてみるのは、ダメじゃないんじゃないんじゃない。

人生のストーリー《story》から外れてみるのはダメじゃないんじゃない

おわりに　ふざけながら怒るために

『ダメじゃないんじゃないんじゃない』のコンセプトは「深刻なことをふざけながら考えてみる」である。

「ふざける」というのは、馬鹿にしたり、矮小化《わいしょう》したりするという意味ではない。怒りたいときでも、いつも朗らかに、人当たりよく、感じよく、笑いをもって苦言を呈することを勧めているわけでもない。肩の力を抜いてリラックスし、ついでに身体《からだ》ごとグニャグニャと揺蕩《たゆた》いながら、その隙をついて我に返ろうというねらいである。行き詰まったときにぷらぷら散歩をすると妙案が浮かぶように、寄り道しながら考えるほど、むしろ近道にならないだろうか？　という実験である。

自分の与《あずか》り知らないところで勝手に決められたレギュレーションに対して、「ダメだなんて言うべきではない」「そんなのはおかしい」と怒っている人がいるとき、しばしば「まあまあ、そう深刻にならないで、肩の力を抜いて、リラックスして」と窘《たしな》め、宥《なだ》めようとするシーンを目にすることがある。肩の力が抜けている方（力を入れる必要がない方、すなわち今あるレギュレーションに乗っかっている方）は、余裕があるように振る舞うことができ、余裕があるように振る舞うことであたかも優位に立っているように見せることができる。

しかし、レギュレーションに異論を唱えようとしたとたん、グニャグニャに肩の力を抜く機会をさえも奪われ、あまつさえ「力を抜きなよ〜」などとアドバイスされるなんて、あまりにもナンセンスではないか⁉　怒らざるを得ない立場にあったとしても、そこらじゅうに植えられている「ダメ」を根こそぎ引っこ抜こうと右往左往していても、リラックスくらいしたい。思うさまグニャグニャして、ふざけたいに決まっている。

もちろん、今染み渡っているレギュレーションによって、少しもリラックスできないほど、ふざけるなんて到底できないほど、深刻な状況に置かれている人がいることも知っている。だけど寄り道する余力のある人が寄り道してみたら、しょうもなくてくだらなくて、少しほっとできるものが掘り出されるかもしれない。

今日も私はふざけながら「ダメ」の大草原へジープを走らせてみようと思う。「ダメ」とは何か、その案外脆弱《ぜいじゃく》な正体を求めて——（運転免許はないんだけど）。

初出
「文芸カドカワ」２０１９年7月号、
「カドブンノベル」２０１９年9月号、11月号、
２０２０年１月号、３月号、５月号、６月号、８月号〜12月号

書籍化にあたり、加筆修正しました。


「ヌードを芸術として受け入れられないのはダメじゃないんじゃない」

「家と家庭をとにかく第一に考えない生活はダメじゃないんじゃない」

「助けてもらいながら「それなりの態度」で暮らさないことはダメじゃないんじゃない」

「人生のストーリーから外れてみるのはダメじゃないんじゃない」

は、本書のための書き下ろしです。

はらだ有彩（はらだ　ありさ）
関西出身。テキスト、テキスタイル、イラストレーションを組み合わせて手掛ける「テキストレーター」。2018年に刊行した初の著書『日本のヤバい女の子』が大きく話題を呼び、2019年には続編『日本のヤバい女の子 静かなる抵抗』を刊行（文庫化にあたりそれぞれ『日本のヤバい女の子 覚醒編』『日本のヤバい女の子 抵抗編』と改題）。そのほかの著書に『百女百様 街で見かけた女性たち』『女ともだち ガール・ミーツ・ガールから始まる物語』がある。数多くの雑誌やwebメディアに、エッセイやコラム、小説等を執筆する。

ダメじゃないんじゃないんじゃない

2021年10月29日　初版発行

著者／はらだ有彩《ありさ》

発行者／堀内大示

発行／株式会社KADOKAWA
〒102-8177　東京都千代田区富士見2-13-3
電話　0570-002-301（ナビダイヤル）

印刷所／株式会社暁印刷

製本所／本間製本株式会社

ISBN 978-4-04-111726-2　C0095